新井勉

獅子の虫

批評社

武州月形は、武蔵野の西端に位置する。秩父の山麓近く、林野や丘陵の点在する真ん中の広い平地にある。

月形は、旗本土屋氏が本拠をおいた土地である。土屋氏は江戸後期に加増により大名に列したが、ひきつづき月形を本拠とした。

＊　　＊　　＊

私は、都内の大学を卒業してすぐ、縁あって埼玉県月形町に就職した。町役場は、私を学校課に配置し、教育委員会の掛員を兼務させた。就職して数箇月、町の旧家の土蔵の中より、土屋氏の文書が大量に発見された。教育委員会の一掛員にすぎない私が、史学科の出で古文書が読めるのが評価されたのか、文書の整理、および解読を命じられた。

文書は、学校課の職員や教育委員会事務局の職員の手により、旧家の土蔵より庁舎新築のさい取り壊しを免れた町役場の元の講堂に移された。この人々の協力の下、私は文書の形状によるざっとした整理を行った。これが一段落つくと、私はがらんとした古い講堂の中に一人残された。学校課勤務は免じられた。それから約四十年、私は文書の解読に没頭した。その成果が、月形町教育委員会の編纂に係る『土屋家文書』全十巻として刊本の形になったのは、奇しくも私の退職と同じ日である。

私は、晴の日も雨の日も古い講堂の中で黴っぽい古文書と過した。初めは一日中一人でいるのが遣りきれなかった。仕事を始めて三年目の春、教育委員会事務局の新顔の女性が歴史好きで、時々昼休みに講堂を覗きにきた。高卒の綺麗な子で性格がよく、私の仕事を何かと手伝ううち、この子が私の妻になった。

十年目に講堂は取り壊された。私の仕事場は、月形町に一つしかない中学校の、これも古い校舎の教室に移された。ちょうどこの頃、私は仕事の面白さに目覚めた。歴史の概説書や専門書に十分記されていない、大身《たいしん》の旗本や、小大名の実像に夢中になった。学術的に重要なものは『土屋家文書』全十巻の中に漏れなく収めておいた。

町役場は出費を惜しみ、これを僅か百セットしか作成しなかった。それも町役場の見識のなさから、私の提出した寄贈先リストを袖にして、町長はじめ町役場の幹部や、町議会の議員に一セットずつ配付した。退職者や元議員にも配付した。町立の小中学校、四校に配付したのも、同じく見当外れの論理である。

私の業績は社会より隠されてしまった。歴史の学会はどの学会も、博士課程の出身者や学位をもつ研究者が数多くいる。学士や修士は実に物の数ではない。素人が論文を書いても掲載してくれる雑誌はないし、研究書を著しても本にしてくれる出版社はない。やむをえず自費出版しても、購入者が何人いるか目にみえている。

全十巻のうち、第七、第八、第九巻は、歴代の土屋家当主が書き綴った日記や覚書の類を収めている。これまで一度も発表されたことのない貴重なものである。論文や研究書が無理なら、これを小説の形に仕立てて世にだせば、素人の書いたものでも読者をえられるかもしれない。

編纂のさい参照した多数の書物は、公費で購入したものがほとんどである。私の退職のさい、全部、町立図書館の所蔵に切りかえた。私は、晴れた日の午後は、土屋氏の陣屋跡を一回りし、図書館にいって書物を調べるのを日課とした。そうこうしているうち、小説らしきものを脱稿した。仮に名づけて「獅子の虫」という。

【読者の皆さまへ】

江戸時代の社会は、むろん、今の社会と全く異なります。ごく一般的な事項は、前以て説明しておくと、紙幅の節約になります。

○年齢

年齢は、生れた年を一歳とし、新年を迎えるたびに一歳加えます。この数え方は、今の満年齢より一歳、ないしは二歳近く歳がふえます。

○暦法

暦法は、月の満ち欠けを主とし太陽の運行を従とする、陰暦です。本書のばあい、明和の修暦後の宝暦暦です。今の陽暦より一月《ひとつき》ほど季節がずれます。十九年に七度閏月のある年はズレが広がります。和暦の天明三年九月一日は、陽暦を採用する西暦一七八三年九月二十六日です。天明四年一月一日は、一七八四年一月二十二日です。この天明四年は閏月が一月ですので、閏一月一日が二月二十一日、二月一日が三月二十一日、三月一日が四月二十日と、陽暦との季節のズレが広がります。

○時法

時法は、日の出を明け六ツ、日の入りを暮れ六ツとし、その間、昼夜それぞれを六等分した一区切りを一時《いっとき》とする不定時法です。季節により一時の長短は変ります。時刻の数え方は、真夜中の子《ね》の刻を九ツ、真昼の午《うま》の刻も九ツとし、一時進むと数をへらします。今の定時法と一時の長短がほぼ一致するのは、春分、秋分のときに限られます。

＊春分、秋分のとき

暁七ツ	午前四時	昼九ツ	正午
明六ツ	〃　六時	昼八ツ	午後二時
朝六ツ半	〃　七時	昼七ツ	〃　四時
朝五ツ	〃　八時	暮六ツ	〃　六時
朝四ツ	〃　十時	夜五ツ	〃　八時

獅子の虫＊目次

一

天明三年九月一日、町奉行直淵《なおぶち》甲斐守は、老中松平周防守に辞意を伝えた。八月大病を患ったため、明和六年より十四年務めてきた職を辞することにしたのである。

毎月一日は江戸城の式日で、在府の大名や旗本が総登城する。直淵は、五ツに本丸御殿につき、玄関脇を通り、中の口門より町奉行の下部屋に入った。この門を出入りする役職者の下部屋は、三十余を数える。どの部屋も清掃して障子を明け放してある。直淵が部屋に入るのを見て、年少の坊主が障子を閉めにきた。

直淵は、円阿弥を呼ぶよう命じた。すぐにきた。入れ、の声で、円阿弥が膝行《しっこう》して部屋に入り、障子をしめた。同朋《どうぼう》の一人で継裃《つぎかみしも》を着用しているが剃髪である。

「当月の御用番は周防守様だな」と、平伏している円阿弥に尋ねた。

左様でございます、と答え、静かに顔をあげた。

老中は松平周防守、田沼主殿頭《とのものかみ》、久世大和守の三人で、官位は皆従四位下《じゅしいのげ》にして侍従である。一人一人は通称たる官途《かんと》名を以て呼称する。このほか、側用人の水野出羽守が老中格ながら、水野は加判しないし御用番も勤めない。御用番は硬い言い方で、ふつう月番という。

「御登城になったら、拙者がお目に掛りたいと申し入れてくれ」

畏《かしこ》まりました、と承知して、今一度額を畳につけた。

老中の下部屋は、町奉行ら役職者の下部屋の隣棟にある。老中は奥の納戸口門を出入りするため、老中がいつ登城してきたか他の者には分らない。

直淵は、持参した文箱の紐を解くと、一通の訴状を手にした。手にしたまま、暫《しば》し沈思におちた。廊下の、御登城なさいました、という声で、我に返った。立ち上り、麻裃の袴の裾を払った。何気なく目をあげたとき、障子の上、欄間の透し彫りが楓の樹の図だ、と気づいた。辞職する今になって、と思う。

直淵は、畳敷きの大廊下を歩き、右におれ隣棟に入った。板敷きの廊下の北側に並ぶのが老中の下部屋である。障子を閉てた部屋が松平周防守の部屋で、他の部屋は開け放してある。直淵が廊下に深く腰を下し、御老中、と中に呼びかけると、入れ、と太い声で返事があった。

直淵は障子をしめ、平伏した。周防守は、石州浜田五万四百石、老中二十年の最古参である。周防守は、面《おもて》をあげるよう促し、平癒したか尋ねた。

「お蔭様で平癒致しました。平素鍛錬が足りず、面目ない次第でございます」

「何の、人は病いを避けることはできぬ。況《ま》して町奉行は激職」

六十五の周防守は、実直な直淵に好意をよせていた。この夏、浅間山の噴火による降灰で、炎暑が一転し冷夏になった。還暦近い直淵が夏風邪を拗らせて寝込んでも、不思議はない。今回さして長患いのようには聞いていない。しかし顔色が沈んでいる。こりゃ辞職する気か。

直淵は懐中より辞表をだした。膝行して進むと、上下を直して畳の上においた。周防守は、穏やかな口調で、翻意してはくれぬか、と尋ねた。

「各地の気候不順や浅間山の大焼けは、必ずや江戸表に影響が及びましょう。拙者が再度長々と寝込むことがありましては、実に失態でございます」

「その懸念があるのか」

ございます、と答える声が、僅かに震えた。

「今直ちに辞職させることはできぬ。町奉行の後任探しは難事中の難事。さしあたり辞表は予が預ろう。年内は従前どおり勤めてくれ」

周防守は、直淵が深く頭をさげるのを目の端に見て、上体を捩じると、辞表を無造作に後ろの御用箱の中に投げいれた。すぐ姿勢を正しながら、かようなとき志摩が健在ならばな、と呟いた。ふっと口にしたのを、直淵は耳聡《みみざと》く捉えた。土屋志摩守は、長く長崎奉行を務めた後、大目付に転じ、程なく急逝した。

「そなたが本日登城するというので、評定所に命じて妻木の訴状を届させた」

「昨日受領致しました」

「本件は大隅には荷が重かろうと思案して、そなたの恢復を待っていた。そなた、掛奉行となって審理せよ」

直淵は北町奉行、牧田大隅守は南町奉行である。評定所は公儀最上位の裁判所で、合議制である。刑事裁判の場合、通常、町奉行の一人を掛奉行とし、大目付、目付の各一人を以て構成する。これを三手掛《さんて》という。重大事案は寺社奉行、町奉行、勘定奉行の各一人に加え、大目付、目付の各一人を以て構成する。これを五手掛という。

周防守は、裁きはそなたに一任する、と直淵に明言した。直淵は、承知致しました、と応じ再び平伏した。

この日は月次《つきなみ》の式日で、月番老中は御用繁多である。直淵は、右の遣り取りの後、すぐ退出した。大廊下を戻ってくると、自分の下部屋の前に年少の坊主が一人、座っているのが目に入った。何かの連絡役にと、円阿弥が留守番を命じたものと見当がついた。何しろ長く欠勤したため、本日は自分も多事多端に違いない。

坊主は、廊下の端にちょこんと座っていた。体は正面をむいているが、目はすぐ大廊下に流れた。日頃玄関や車寄せを使う番士らは、式日は中の口門を入り、十三間半の土間を通って、中の口より御殿に入る。書院番は左手の虎の間にいき、小姓は真っ直ぐ紅葉の間にいき、新番は右手におれ、奥の詰所に向う。新番の者が次々と大廊下を通るのが、坊主の視野に入るのである。九月一日は衣替えで、麻裃の下の小袖は昨日までの白帷子《しろかたびら》が今日は納戸茶の熨斗目《のしめ》に代っている。重陽の日までは素足のままである。

坊主が気づき、平伏した。直淵が、大儀、と労《ねぎら》うと、坊主は平伏したまま、小俣新八郎様お越しでございました、と報じた。

小俣は評定所留役《とめやく》である。留役は、事件の下調べや書類の作成を行う役職ながら、奉行に代り自らも審理を行った。小俣の用向きは、周防守様より指示のあった妻木の件に違いない。直淵は、当月四日にも妻木采女《うねめ》、伊東長十郎の両人を召喚し、審理を始めよう、と思案を固めた。小俣がくればそのように命じよう。

月次の式日に総登城した大名や旗本は、さしたる用務がない。九ツをすぎると、皆下城する。役職者が忙しくなるのは、それ以降である。直淵は、さて大童《おおわらわ》かと心積りした。

二

九月二日の午後、土屋冬馬《とうま》は、湯島聖堂の近く、すんでのところ浪人に拐《かどわ》かされる町娘を助けた。冬馬は、二十四歳にして初めて人を斬った。

この日、冬馬は、八ツに大手門前の木橋を渡り、御城の外にでた。好晴の空の下、大手濠の水は、櫓や石垣や土手の松林を逆さに映していた。大名小路の北の端より、神田方面へぬけた。冬馬は、神田橋門外の町家で衣服を着替え、供の者を屋敷へ帰すと、待たせていた山元太郎左衛門《たろうざえもん》をつれ、本郷の剣術道場へ急いだ。

本郷菊坂町には、少年期の冬馬が通った直心影流の道場があり、この日道場では、道場主、長井正兵衛の還暦を賀する会が催された。冬馬は、同役に断りをいれ常より早く下城した。元、冬馬少年の供をした太郎左衛門と一緒に駆けつけたのである。道場についたのは中締めのときで、辛うじて間にあった。

道場の隣の座敷に通されると、冬馬は、祝い客を掻きわけ正兵衛の前に進んで、祝いの言葉を述べた。正兵衛は、上機嫌で自分の盃を冬馬にもたせた。冬馬は、祝い客と挨拶を交した後、兄弟子の島村征一郎と連れだって、道場を後にした。征一郎は、北町奉行所の与力で、正兵衛の二男、栄次郎と並び、長井の龍虎と称されている。

坂を上った真ん前に、日本橋を起点とする中山道を挟んで、加州前田家上屋敷の海鼠塀《なまこ》が長く続いていた。湯島より本郷をへて追分までを、本郷通りと呼んでいる。二人は本郷通りを下って、聖堂の敷地の角を右におれ、聖堂の練塀にそって昌平坂へ向った。冬馬が好んで昌平坂を歩くことを、征一郎も知っていた。

昔、聖堂が上野忍ヶ岡より湯島に移転してきたとき、孔子の生地たる魯の国の昌平郷に因んで、無名の坂を昌平坂と名づけ、神田川の上の相生橋を昌平橋と改めた。冬馬は昌平坂より昌平橋に至る景観を捨てがたく感じ、本郷通りを通行するとき、決って遠回りするのである。

聖堂の裏の道は人通りがなかった。傾きかけた秋の日が練塀を照し、側溝を澄んだ水が流れていった。右に桜の馬場がある。征一郎が話しかけた。

「御本家の御家老、冬馬さんに張りついていましたな。御用人ですむところ、御家老自ら出向いてきたのは、何事か起きましたか」

「兵右衛門《ひょうえもん》は、私に願い事がある、と云うのです。病弱の幼君の見舞いがてら、近日中に上屋敷を訪問してほしい、と云うのです」

冬馬は渋い顔である。常州土浦の土屋家は、但馬守数直、相模守政直の親子二代、老中を務めた譜代の名門である。土屋家の援助により長井道場の今日の繁栄がある、と冬馬も承知していた。しかし、江戸家老の矢代兵右衛門が駆けつけるのは、無用である。征一郎が訝るのも無理はない。狙いは私だ。

「土屋様は駿河台下ですか」

「坂の下です」

「冬馬さんの御屋敷から近いですね」

「かなり離れています」

冬馬は訪問する気がなかった。願い事があるなら、兵右衛門が番町の屋敷に訪ねてくるのが筋である。

二人は黙して歩を運んだ。冬馬は、征一郎が土浦の土屋家をさして御本家と云ったことに拘った。土屋の本家は当家である。当家は百年前の延宝年間、上総久留里《くるり》二万石を除封され、武州月形五千二百石を領する旗本として存続を許された。当時土浦の土屋家は四万五千石を領する大名であり、これ以後本家分家の形が転倒したのである。

征一郎は、七年か、八年か前、冬馬が土浦の本家から養子に望まれながら、父たる土屋志摩守がにべもなくこれを一蹴した、という話を想起していた。冬馬さんは、部屋住みのまま御番入りし、その翌年に妻木伊予守様の美しい御息女を妻に迎えた。しかしすぐ離縁した。三年前だったたか。

それぞれ思いに捕われながら、聖堂の角を曲り、昌平坂の坂の途中にでた。左は聖堂の練塀が段々に下まで続き、右は樹木が鬱蒼としている。樹木の下は、御城の外濠になっている神田川である。道端の草叢の中は、虫の声が賑やかである。行く手、昌平橋は樹木に隠れ、遥かに町家の屋根が広がっている。

遠くから鈍い鐘の音が届いた。捨て鐘三ツに続き、重い音が七ツ。日本橋本石町の鐘楼のつく鐘の音が、湯島台南面の昌平坂に届くのである。

「七ツか。冬馬さん、早くて幸い、拙者の屋敷に回ってくださるか。久しぶりに一献どうです」

「それはよい。太郎左《たろうざ》も、構いませんか」

「構いません」

その積りで、冬馬を誘って道場をでたのである。ところが今、一町ほど前を下っていく

二

赤い小袖の後ろ姿が二つあった。さっき裏の道に入ったとき、聖堂の敷地の角を曲るのが見えた、町娘らしい二人である。征一郎は、人の行き来の少ない昌平坂を町娘が通るのは珍しい、と思った。そのときである。

「おかしいな」と、思わず口にした。傍らの茂みより飛びだした浪人が三人、町娘の通行を遮った。一人が娘の体に手をかけ、他の一人が別の娘を斬ったようである。後で分ったが、これは、お嬢様の体を荒々しく摑まえた浪人に、お供の若い女中が激しくむしゃぶりついたのを、別の浪人が斬り捨てたのである。

ああ、という叫びが、静寂な往来に沈んだ。征一郎は駆けだした。

「冬馬さん、頼む」

承知、と応じた。冬馬は、征一郎の背中を追いながら、羽織を脱ぎすてた。太郎左衛門が拾いあげた。

征一郎が現場につくと、身形《みなり》のよくない浪人三人が町娘を囲んでいた。蒼白の顔の町娘は、年の頃十七か十八か、やや大柄で美貌である。征一郎は、若い娘の体が転がっているのを一瞥し、油断なく三人に対した。険しい顔付きの男が、お手前らに関わりない、怪我をするとつまらんぞ、と吐きすてるように云い、通れ、と尖った顎をしゃくった。

征一郎は、

「狼藉者め、北町奉行所である」と、大声で叱咤した。

浪人の顔色が変った。退くはずのところ、逆に抜き打ちざまに斬り掛ってきた。尋常の者なら斬られていよう。征一郎は、咄嗟《とっさ》に体を躱《かわ》し、すかさず抜刀した刀身で相手の刀身を撥ねあげようとした。しかし道場で飲んだ祝い酒が一瞬の動きを鈍らせた。相手の刃が僅かに躱し遅れた左腕に達した。

冬馬は、町娘の体を押えている浪人の前に進むと、さっと刀をぬいた。怯えた顔の後ろに、汚れた愚鈍な顔と濁った目があった。そこに、六尺を超える巨躯の浪人が割りこんできた。冬馬を威圧するかのように肩を怒らせ、

「邪魔立てすると、命はないぞ」と、刀に手をかけた。

冬馬は、男が長い腕を長い刀に伸ばすのを見た。抜刀するや刀身二尺八寸は下らないと見た瞬間、冬馬の体は男の大きな胸の中に飛びこんでいた。逸早く相手の腰に叩きつけた刃が固い壁にぶつかったかのように、柄を握る両手に重量を感じた。構わず、腰の辺りを右から斜め左へ思いきり斬りさげた。声もなく、巨躯が前に倒れた。

太郎左衛門が抜刀して、愚鈍な顔の浪人を釘付けにしていた。冬馬が血刀をさげたまま

近づくと、男は町娘を押し倒し、本郷通りをめざして逃走した。

介抱せよ、と太郎左衛門に命じた。冬馬は、浪人と睨みあっている征一郎に手を貸そうと、引き返し近づいた。二人は数合、刃を合せた後、少しの隙を見せた方が斬られる羽目に陥っていた。冬馬が近づくと、険しい顔付きの男は刀を中段に構えて、ちらりと流し目に冬馬を一瞥した。

冬馬は、軸足たる右足を踏みだし、横向きになった男の腰に刃を叩きつけると、今度も右から斜め左へ力を加えた。同時に、征一郎が踏みこみ、男を袈裟懸けに斬った。

「島村さん怪我は」

「拙者、手疵を負った」

冬馬が、征一郎の左腕を摑んでもちあげた。羽織の袖も小袖の袖も、赤く血に染まっている。冬馬の手も血に染まった。

「二寸ほど腕の筋を斬られています。痛みますか」

「痛いな」と、眉をよせた。

浅手ながら、すぐ止血しなければならない。冬馬が、刀の下げ緒か、何がよいかと目をあげると、手近に風呂敷包みがある。征一郎が捨てたか、太郎左衛門が落したか、道場を

二

辞去するとき貰った祝い返しの品である。冬馬は風呂敷を剝ぎ長くおると、征一郎の上腕を肩近くで縛った。終ると、転がっている娘の側に屈んで、息のないことを確認した。

三

湯島聖堂の敷地の中に、大学頭を世襲する林家《りんけ》の私塾がある。この私塾が幕府の学問所に発展するのは、これより十数年の後である。これを昌平坂学問所、あるいは、昌平黌《こう》と呼称する。学問所は聖堂の西、昌平坂の坂の上に正門を開いたため、それより、昌平坂は旗本や御家人の子弟らが行き交う繁路になる。

冬馬は、少年期、林家の私塾に通った。塾生は、ふつう、四ツに登校し、経書の講義を受講して、九ツに下校するのを例とした。冬馬は、三年目には登校する前に本郷菊坂町に回り、長井道場で剣術の手解《てほど》きをうけた。四年目になると、私塾通いをやめ、剣術修業に専念した。

聖堂の敷地の西には、桜の馬場と武家屋敷があるだけである。秋の日の午後遅く、昌平坂に、人の往来はなかった。

駕籠屋。太郎左衛門が遠くの駕籠舁《か》きを呼んだ。これは、敷地の東、聖堂の正門の脇に隠れるようにして佇んでいるのを、目敏《めざと》く見つけたものである。

すると、駕籠舁き二人と一緒にいた青い小袖の男が、慌てた様子で、これも本郷通りへ去っていった。後で分ったたが、さっき本郷通りで町娘に絡んだのがこの男である。顔立ちのよい男ながら、青い小袖に黒い帯をだらしなくしめ、お姉さん、俺と遊ぼうよ、などと執拗に絡んで、思惑どおり二人を聖堂の裏道に追いこんだのである。

「娘御が怪我をしたか」と、征一郎が問うた。正門脇に投げかけた目は、駕籠が娘誘拐のため用意されていたと見抜いていた。

太郎左衛門が、右膝の皿を強打した模様です、と答えた。冬馬も、征一郎も、町娘に目をやった。

「逃げた者が加勢をつれ、戻ってくることはないでしょう。ここはこのままにして、昌平橋の袂の番屋にいき、人手を集めることにしましょう」と、征一郎が云った。

駕籠がきた。四ツ手駕籠で、駕籠舁きは小柄ながら屈強の若者である。夏中、灰のふる冷夏が続いたにもかかわらず、二人の顔、首や、襦袢《じゅばん》や下帯で隠せない手足は、毎日灼熱の日射を浴びたように黒い。遠目にこの場の経緯《いきさつ》を眺めていた二人は、落ちつかない様子で、目を地面に落している。

太郎左衛門が、膝の痛みを堪《こら》える娘を手伝い、駕籠の中にいれた。冬馬も手を貸そうと近寄ったが、手が血に染まっていた。武士三人が垂れを下した駕籠を囲んで昌平橋を急ぎ渡ると、何事か、と行き交う人が立ち止ったり、振り返ったりした。早くも西日が道や橋を赤く照していた。

三

自身番屋は表の障子を開けっ放し、中では町の者がのんびり碁盤を囲んでいた。征一郎の声で、皆、外にでてきた。征一郎が奉行所与力と知って、一番年嵩の者が、

「手前、月行事《がちぎょうじ》の治兵衛《じへい》と申します。何なりとお申しつけください」と挨拶した。その目が征一郎の衣服の血に驚き、慌てて指図して水桶をもってこさせた。

征一郎は柄杓《ひしゃく》で手や腕を洗うと、番屋の中を覗いた。自身番屋は、ふつう、二間九尺の造りで、坪数が三坪である。ここは土間と畳の部屋を併せ、間口二間、奥行き三間、六坪はあると目測した。小さな部屋には窓が一つしかなく、戸口より光が入るが、碁の勝負を続けるには、そろそろ暗いかな。

征一郎は、手を洗っている冬馬や、駕籠脇にいる太郎左衛門に向って、この番屋で茶を貰おう、と誘った。さらに、垂れを下した駕籠に目を転じ、娘御も窮屈だろうから一休みさせよう、と言葉を続けた。治兵衛は、急いで征一郎の横をすりぬけ中に入り、急のお客に供する茶の支度に掛った。

冬馬は、片膝を地面につくと、駕籠の中の町娘の体に両腕を伸ばし、強く力をいれて体をもちあげた。娘は、ごく自然に冬馬の首に自分の腕を回した。顔と顔がふれあい、若い娘の健康な肌が匂った。冬馬は、しなやかな体を番屋の中に運びながら、間近に娘の顔を見た。白磁の白さの顔に黒目がちの目、やや肉薄の高く形のよい鼻、薄く締った唇が、非のうちどころのない均整を以て配されていた。冬馬は、町方には武家の娘に優る美貌の者がいる、と舌を巻いた。

戸口の外では、番屋よりでた町の者二人が、冬馬に抱かれる娘を見て、

「木曽屋のお嬢さんじゃないか」

「木曽屋のお嬢さんだ」

と、驚きの声音になった。

征一郎が、番屋の中より、

「あの、尾州様御用達《ごようたし》の木曽屋かい」

左様です、と答え、二人は俄かに関心を露わにした。番屋の中では、治兵衛がいい年をして、話に耳を傾けた。

冬馬は、娘を畳の上に下した。娘は、この遣り取りを認めるかのように、傍らの冬馬に

小さく頷いた。

　征一郎は、この拐かしは娘の体目当てかと思ったが、親の金目当てだったかもしれないな、と考え直した。どちらにせよ、失敗に終った以上、金のことは分らないな、と素早く頭を働かした。征一郎は、その一方で、戸口より身を乗りだして番屋の中を覗く二人の顔を等分に見て、

「明神下の吉弥と、三河町の松五郎へ走ってくれ。二人が家にいたら、下っ引きを集めてすぐこい、と云え。島村が呼んでいる、と云ってくれ」と早口で命じた。

　吉弥も松五郎も、腕利きの岡っ引きである。俺が吉弥親分、俺は松五郎親分だ、と二人は南と北に駆けだした。

　征一郎は、外の駕籠舁きに大声で、

「駕籠屋、お前ら帰っちゃならんぞ。拙者を奉行所まで乗せていくのだ。あっちで駕籠賃を払ってやる」と、足止めした。ちょうど戸口に顔をだした、木戸番の番太には、

「お前、番太だろ。急いで小綺麗な駕籠を探してきてくれ」と、これも大声で命じた。

三

四

深川の木場は、元禄年間、幕府払い下げの九万坪の造成地に、材木問屋の貯木場として成立した。貯木場の材木の多くは、御用材である。

八、九十年前、江戸の大材木商、奈良屋茂左衛門《もざえもん》や紀伊国屋文左衛門が、日光東照宮の修復や上野寛永寺根本中堂の造営に材木を調達して巨万の富を築いた頃、尾州名古屋には奈良茂《ならも》や紀文に匹敵する大材木商、神戸家《かんど》が成長していた。当主の分左衛門《ぶんざえもん》が本店で、弟の彦七郎は江戸店で、それぞれ事業拡大に努めた。

しかし、神戸家の材木商としての本業は、分左衛門一代で終った。その後、多くの材木商が事業を競ったが、享保末期、尾州家御用達材木商中、独り勝ち残ったのが、木曽屋である。木曽屋二代目の嘉右衛門《かえもん》は江戸店をおき、長男の藤左衛門《とうざえもん》に一切を任せた。二昔前のことである。

自身番屋で、北町奉行所の島村征一郎が町娘に確かめると、娘は日本橋室町の木曽屋の娘で、名を弥生という。女中の千草を供に本郷の叔母の家に遊びにいった帰り、見知らぬ浪人に襲われたのだ、と話した。弥生は千草の名を口にして、涙ぐんだ。見るみる、幼い子供の泣き顔になった。

征一郎は決断が速い。冬馬を見て、

「室町なら、娘御を親元へ送ってやってくれませんか」と依頼した。途中、又ぞろ不逞の者がでる虞れはないと思うが、岡っ引きだけより、冬馬さんも同行してくだされば、娘御が心強かろう、と云うのである。冬馬は承知した。

征一郎は、明神下の吉弥を昌平坂へやって現場を保存させ、三河町の松五郎を室町まで娘を送っていかせる積りだった。先にきたのは、松五郎と下っ引きが二人である。征一郎は、三人を昌平坂へやると、怒り肩を駕籠におしこみ、奉行所へ向った。早く捜査に着手しなければならないし、疵の手当ても急を要する。

吉弥は、下っ引きを一人つれ、遅れてきた。外出していたと云う。冬馬が見て、五十歳に届く地味な風采の親分である。暫くしてこざっぱりした四ツ手駕籠がきたので、冬馬が今一度弥生を駕籠に運ぼうとすると、弥生の両頬が鮮かに赤く染まった。弥生は、土間に揃えられた草履をはこうと体を動かしたが、右膝に激痛が走り、強く顔を歪めた。冬馬は両腕に弥生を抱きあげると、慎重に駕籠に運んだ。弥生は駕籠の中に入るまで、じっと目をとじていた。

下っ引きの熊市の案内で、冬馬、太郎左衛門の二人が付き添って、駕籠は幾分か早足で室町の木曽屋へ向った。番屋をでるとき、吉弥が背伸びする格好で、冬馬に、

「あっしは皆さまの半町後ろをいきます。途中、駕籠を慕う奴があるかもしれません」と耳語した。なるほど、と了解し、吉弥に対する信頼が芽生えた。

空はなお青いが、秋の日はおちようとしていた。神田今川橋を渡ると、日本橋まで続く広い通りの両側は、立派な大店《おおだな》が軒を連ねていた。大店の多くは、屋号や商標をくっきり染めぬいた藍色の暖簾をさげている。この通りの一つ裏、通りを挟んで、越後屋と反対の位置に木曽屋の店があった。間口二十間の大店である。

熊市が暖簾を潜って入り、御免よ木曽屋さん、と声をかけた。店の片端が帳場で、土間に木材の見本が並べてある。大名屋敷や旗本屋敷の修築や改築など、大掛りなものは木場の店で商いし、書院や座敷など、細部に使うものは室町の店で商いする。稀に富裕な商人が別宅を建築しようとして、客としてくることがある。

一番番頭や二番番頭は、早や行灯《あんどん》に火を点じ、帳付けや勘定に余念がなかった。数人の手代は、それぞれ何人もの丁稚を指図して、木材の出し入れや荷造りをしていた。店先に

四

客の姿はなかった。そこに、ぺらぺらの法被に股引きの下っ引きが、勢いよく飛びこんだのである。場違い甚しく、熊市は店の者皆の視線を集めた。

熊市に続き、冬馬が、弥生を両腕に抱えて店先に入った。太郎左衛門が冬馬の刀を大事に預って、後に続いた。木曽屋の店の者は総立ちになった。冬馬は、材木商の店の木の香を感じながら、揃いの紺色の前垂れが驚いて動くのを見た。手代の一人が廊下を走り奥の居宅に向ったらしく、遠くで、御新造《ごしんぞ》さん、と呼ぶ声を聞いた。

木曽屋の妻女は、時の鐘が七ツうつのを聞いたときより、一人娘の帰りが遅い、と気にしだした。四半時たち、半時たっても、帰ってこない。これは何かあったかと、気が利く手代に丁稚をつけ、帰るはずの道をいくよう云い、本郷の妹の家へ聞きにやった。木場の店へも手代をやり、藤左衛門にすぐ帰るよう云ってやった。

さらに時がたち、どうしたものか一人思い悩んでいたら、御新造さん、と大声で自分を呼ぶ声が聞こえた。奥より飛びだし、人を手でよけ、廊下を走った。夕暮れの光が残る店にでると、若く爽かな武士が弥生を抱いて、自分の方に進んできた。安堵の思いと不吉な予感があった。武士の傍らで、番頭らがおろおろしている。

「お武家さま、娘がいかが致しましたか」と、薄い唇が震えた。

「昌平坂で浪人に襲われた。突き倒され膝を痛めたらしい。ともかく寝かせよう」

妻女が、こちらでございます、と奥に通じる廊下に案内した。冬馬、太郎左衛門も廊下に上った。弥生が、

「母さま、千草が」と口にして、後は言葉にならない。

「千草がどうしました」と、問う声が不安を隠せない。

供の娘は浪人に斬られ、気の毒だが息をひきとった。冬馬が代って答えた。妻女はこれを聞き、絶句した。妻女は室町界隈でただ一人、鉄漿《かね》をつけないしっかり者で、木曽屋の業務を監督する才覚もある女ながら、全身より血の気がひく思いがした。かわいそうにという思いと、娘がよくぞ無事だったという思いが交錯した。

冬馬は、廊下を数度曲り、奥座敷に案内された。大急ぎで女中が敷いた寝具に、弥生をそっとおいた。妻女に向い、

「骨に罅《ひび》が入ってないか、すぐ医者を呼んで診《み》せるのです。医者がくるまで、井戸の水を以て冷す。急性のものゆえ冷す」と冷静に云った。

妻女は、この適切な指示を聞き、自分が動顛していることに気づかされた。即座に女中頭に命じ、手代の一人を医者に走らせた。

四

弥生に女中をつけておき、妻女は廊下を戻って、冬馬ら二人を客間に案内した。妻女に続き、冬馬も客間に入った。太郎左衛門は廊下際に座をしめた。柱や長押《なげし》は細く、壁は緑の色土で塗られた瀟洒な座敷である。床の間には、横広ろ着色の秋草図の軸がかけられている。この軸は藤左衛門自慢の逸品で、落款《らっかん》は光琳とある。

ここで、主客が挨拶を交した。品のよい妻女が、深々と頭をさげ、

「本日は娘の難儀をお救いくださり、ありがとう存じます」とお礼を述べた。

冬馬は、これまで商家の者と話したことがない。途惑いの表情を浮べ、土屋冬馬、番町の旗本です、と名乗り、北町の島村征一郎さんに頼まれ助けた、と挨拶した。

「おっつけ主人が帰ります。主人より貴方さまにお礼を申し上げたいと存じます。ご面倒でございますが、今暫くお待ちくださいませ」

妻女は、茶菓の支度に座を立った。入れ代りに、庭先に吉弥がきて、客間の中の冬馬を見た。冬馬は縁側までいき、浅く腰を下した。

「土屋様、案の定、尾《つ》けてきた奴がおります」と云う。

「青い小袖の者か」と聞く。

「ご存じでございましたか」

「さっき昌平坂で見かけた」

「ふん縛ろうと手がでかけましたが、思い直し、泳がすことにしました。一体どこに帰るか、今、熊に尾けさせています」と云う。

吉弥の云うには、明神下の子分二人が今追いついた。奴の尾行には、熊市にその一人をつけてやった。おそらく、拐かしの黒幕が分るだろう、と云うのである。

冬馬は、懐中の財布を摑み、これを吉弥に手渡した。

「少しは入っていよう」

「土屋様、こりゃいけませんぜ」

気にするな、冬馬は手を小さくふった。

やがて、妻女が、若い女中を従えて戻ってきた。茶と、菓子を勧めた。菓子は近頃麴町に開店した名古屋の菓匠のものだという。妻女は、待たせていることを詫び、藤左衛門が帰ってくる前に、自分が事の一部始終を聞いておこうと膝を進めたとき、奥座敷より女中が呼びにきた。

冬馬は太郎左衛門と二人、客間に残された。人を斬ったことが嘘のような、初めて目にする、商家の静かな夕景である。

四

店の方で大きな話し声がした。藤左衛門が帰ったかと思ったら、違ったらしい。吉弥が庭先に姿をみせた。冬馬が顔をむけると、

「土屋様、定廻《じょう》り同心がどこで嗅ぎつけたか、一味中、逃げた者の人相や風体《ふうてい》を聞き糺すため、お嬢さんに会わせろ、と無理を云ってきました」

「追っ払えばよい」

「無理は承知で、金子《きんす》をせびろうという魂胆でございます。犬のクソ同心の根無善太郎という奴で」

「何だ、それ」

「犬のクソは見苦しく思っても、手が汚れるのが嫌で誰も片づけません。ほったらかしをいいことに、町の者を泣かして歩く」と、吉弥は忌々《いまいま》しげに話した。

近くで、廊下を踏み鳴す音がした。その根無とやらが、番頭や手代が懸命に止めるのに聞く耳もたず、家の中に上ってきたのである。どけっ、と荒々しい。

「お嬢さんはお怪我で、お医者さまをお待ちです」

「御新造さんが参りますまで、ここでお待ちください」と、必死である。

客間は廊下側の障子を開け放してある。暮れかけているが、廊下は、灌木の広がる中庭

より入る光で十分に明るい。根無がきた。小銀杏《こいちょう》の髷《まげ》に黒紋付の羽織、右手で朱房の十手を振り回している。声からする印象と異なり、五尺足らず痩せっぽちである。冬馬が見ているのを知らず、根無は、前に立ち塞がった大柄の手代の頭を十手で叩いた。

御無体、と叫んで、手代は崩れおちた。額が割れたらしく、額を押える手の間から、血が流れでるのが見えた。

冬馬は、左手に刀をもって廊下にでた。蹲《うずくま》った手代の後ろに回り、

「これより入ってはならぬ」と、強い声で阻んだ。

根無は、鋭い目で冬馬を一瞥した。背丈が五尺六、七寸か、やや怒り肩である。剣術を修業した者らしいが、商家の用心棒ではない。人に命令する身分の者である。

「お手前は何者か」

「名乗るほどの者ではない」

根無は十手を冬馬の前に突きだし、臍《へそ》に力をいれて叱咤した。

「貴様、奉行所の御用に楯つくと、ただじゃすまんぞ」

冬馬は相手の顔を正視して、無言で刀を腰にさした。客間の障子の陰に、これも静かに立ち上った太郎左衛門がはっとして、

四

「冬馬様、斬ってはなりませぬ。不浄役人なぞ斬ってはなりませぬ」と叫びながら、二人の中に割って入ろうという動きをみせた。冬馬はこれを制して、

「人を人とも思わぬ所業である。許しがたい。斬ってしまおう」と強く云い、親指を刀の鯉口にかけた。

根無は驚愕した。この者たちは一体どこの誰か。本気である。ヤットウに弱く、

「何っ、理不尽な」と、逃げ腰になった。

手代は急いで脇に身をよけた。冬馬は無言、斜め下に根無の細い目を見ながら、一歩間を縮めた。

「覚えておれ」と捨て台詞《ぜりふ》を吐き、根無が背を反した。

番頭さん、塩を撒いておきな。庭先で、吉弥の言葉が躍った。

五

町奉行所は南北に二つあった。北町奉行所は常盤橋門内にあり、南町奉行所は数寄屋橋門内にあった。どちらも町奉行の役宅と私宅を兼ねた。二つの町奉行所は江戸の町を二つに区分して支配するのではなく、どちらも江戸の町全部を支配し、一月《ひとつき》ごとに月番非番を交替するのである。

九月二日の午後、直淵甲斐守が御城より北町奉行所に帰ったとき、七ツをかなりすぎていた。僅かな距離なのに一日の疲れで、駕籠の中で転《うた》た寝をしたらしい。七月の浅間山の噴火は、関八州はおろか、遠く陸奥や出羽に灰をふらせた。気候不順に加え、降灰が太陽を遮ったため、陸奥も出羽も深刻な冷害に陥っていた。直淵は、城中で、勘定奉行の松本伊豆守らより、本年の米や作物の見通しについて、詳細に説明をうけた。九月以降江戸の町にどのように影響してくるか、皆で話しあった。

直淵は、奉行所の内玄関に入り、すぐ前の御用部屋に顔をだした。中では、用人の古川儀右衛門《ぎえもん》、田辺十太夫、目安方《めやすかた》の原麻之介《あさのすけ》が執務していた。儀右衛門と十太夫は、直淵家の家士である。麻之介は、直淵が前に大坂町奉行に就任したさい、大坂で前任者の目安方を譲りうけた者である。昔、大岡越前守が町奉行に就任したさい、大岡も前任者に目安方の譲りうけを懇望している。新任奉行は、公事に精通する用人や目安方を必要としたのである。この用人と目安方を併せて、内与力《ないよりき》と呼称した。

三人は、机より体をずらし、両手を畳につき頭をさげた。次に顔をあげ、お帰りなさいませ、と挨拶した。儀右衛門が代表して、

「昨日に続き御下城が遅くなり、お疲れはございませんか」と、懸念を口にした。

「治りきってないのか、体が懈《だる》いな」

「今夜は御静養なさいませ」

「うむ、報告は予の居間にて聞こう」と云って、直淵は長い廊下を歩いていった。

直淵の着替えや小憩を考慮し、七ツ半すぎ、十太夫、麻之介が奥の奉行の居間にいこうと座を立った。そこに、島村征一郎が飛びこんできた。三人して奥に向った。

御用部屋は、儀右衛門が一人残り執務を続けた。小半刻たっても、誰一人、御用部屋に戻ってこない。御奉行は病み上りだから早々に切りあげてくれればよいのに、気が利かないこと限りない。今回の直淵の病臥中、奉行代理を務めた儀右衛門は、御奉行の病気が再発

しないかと懸念されるのである。

町奉行所の表門をしめる、暮れ六ツ近くになって、同心の根無善太郎が門を潜り、廊下を走って、御用部屋にきた。儀右衛門を見て、御奉行に取り次いでほしいと云う。

この男は碌に挨拶もできない。儀右衛門は、根無の顔をじろりと見た。御用部屋の二つの燭台の光の下、狭い額、小さな団子鼻、厚い唇、庶民の顔そのものである。

「何事か」

「拙者、先程、御用を妨げられたばかりか、斬られかけた。直ちに捕り方をだし、不逞の者を捕縛しなければなりませぬ」と捲《まく》したてる体が、興奮のため震えた。

「訳のわからぬ話に取り次ぎなぞできぬ」と一蹴した。

見る間に根無の顔が真っ赤になり、体を震わしながら儀右衛門に食って掛った。

「町奉行所の同心と知って、拙者を斬ろうとしたのですぞ」

「そんな者はなかろう。お前が応対を誤ったのだ」

「拙者はわざわざ室町まで出向き、捕え損ねた浪人の人相、風体を被害者に尋ねに参ったところ、若い侍がいて、いきなり拙者を斬る、と云って刀に手をかけた」

「何っ、相手が武士では話にならぬ」と、儀右衛門は苦りきった顔になった。

五

根無は、冬馬の身分も正体も分らなかった。身形や言葉からは、尾州家の家臣だとしても、国者《くにもの》ではない。若僧には堂々たる供侍がいたから、江戸屋敷の家老の子息か、用人の子息か、その辺りの見当である。直ちに捕り方をだし、あの者と悶着を起せば、仮に自分がお叱りをうけても、あの者とて無事にすむまい。

根無が四十面さげて下らぬことを云うので、儀右衛門は腹立たしく声を荒げて、

「帰れっ」と強く一喝した。征一郎が姿をみせたのは、そのときである。

征一郎はこの場の様子を一瞥して、

「根無、お前、古川様に絞られておるな。何をやらかした」

根無は、嫌なところに征一郎がでてきた、と落ちつかなくなった。さっき昌平坂の途中で、三河町の松五郎に出会ったとき、木曽屋の娘の拐かし話を小耳に挟んだ。浪人一人が現場より逃走した、と聞き、これは金になるし、娘も見てこよう、とその足で室町に急行したのである。

征一郎が座ると、儀右衛門より、直ちに木曽屋に捕り方をだし、不逞の者を捕縛したいという、根無の言い分を聞かされた。征一郎は、根無の顔を見て笑いだした。

「お前を斬ろうとした若い侍は、冬馬という名ではなかったか」

「供の者が確か冬馬と呼んでおりました」と答えたが、根無は、あの若僧、あるいは島村の知り合いかと思うと、尻がむず痒くなってきた。

「冬馬さんは、拙者の相弟子だ」

「島村さん、それは土屋冬馬様のことか」と、儀右衛門が大きく眉を顰めた。

「左様、ご存じの」

両手を机につき、儀右衛門は立ち上ろうとして、やめた。この馬鹿者、と怒鳴りつけると、机上の書類や帳面が震えた。

「冬馬様は、幼少時より御奉行が御子息同様に遇せられてきた御方。お前が御無礼をしたのではないか」

根無は仰天した。しかし、それを聞いても、乗り掛った船、もう後に退けない。

「あの者が旗本ならば」

征一郎が、左様、旗本だ、と云う。

「旗本なら御用を妨げてよい、という法は、ない。御奉行より御目付に通報して然るべきではありませんか」と、食いついた。

征一郎も、苦い表情の儀右衛門も、これには吹きだした。征一郎が、根無の知らざるを

五

不愍に思い、滅多なことを口走ってはならぬ、と注意した。

「冬馬さんは、若いが、御公儀の御目付だぞ」

根無は仰天した。腋《わき》の下に汗が滲みでるのが感じられた。目付は公儀の重職であり、侍であって侍でなく、袴を着用する資格がない同心風情とは、身分が違う。町奉行所の同心が御城の目付に向って話しかけるなど、あってはならない。極端な話、同心が目付の無礼討ちにあったところで、殺され損でしかない。

「しかしお前、よく首があるな」と、征一郎が追い討ちをかけると、根無は悄気《しょげ》きった顔で細い目を白黒させた。

　征一郎は面白そうに、

「冬馬さんは今日浪人二人を叩き斬った。お前は運がよかった」と云う。根無が耳にしたのは、島村が浪人を斬り捨て木曽屋の娘を助けたが、手疵を負い、一人に逃げられた、という、尤もらしい話である。

「島村さんが斬った、と聞きました」

「拙者は斬られた。向うに医者を呼んである。御奉行よりこの一件の探索、拙者がすべて任された。よいか、お前、一切関わるな」と目を睨んで、きつく申し渡した。もはや根無は、ぐうの音もでなかった。

六

寛永の頃、日本橋の南に、通船を目的として長さ八町の堀が掘られた。この堀を、八丁堀という。堀にそって組屋敷をおき、南北の町奉行所の与力や同心を居住させた。与力は南北併せて五十騎、同心は同じく二百人。およそ、与力は一人三百坪、同心は百坪、宅地を貰っていた。

与力の家禄は二百石で、幕府は上総《かずさ》、下総《しもうさ》に合せて一万石を取ってあった。同心の職禄は三十俵二人扶持しかない。

九月三日の早朝、木曽屋藤左衛門は、手代の忠三を供に、明神下の吉弥がつけてくれた下っ引きの和助に案内され、八丁堀に島村征一郎を訪ねた。その後、征一郎に所を教えて貰い、土屋冬馬の屋敷にお礼に行く段取りである。九ツ頃、昌平橋袂の番屋にいき、千草の遺体を引きとりたいのである。

藤左衛門が昨夜、室町の店に帰ったのは、暮れ六ツをすぎていた。冬馬は下城後も他出するには、所在を明らかにしておかなければならなかった。それは、目付としての心得である。征一郎の屋敷に少時いくくらいが限度で、縁のない商家を訪問するのは、この限度をこえていた。六ツより前に木曽屋を辞した。

藤左衛門は帰宅して、娘が拐かされかけたと聞き、驚愕した。事なきをえたのは、与力の島村征一郎様と、もう一人、御旗本の若様らしいとしか分らない。その人の御指示だとして、吉弥と和助が木曽屋に泊りこんだ。何が起るか分らない、注意せよと命じられたという。

八丁堀の与力の屋敷はどこも皆、冠木門《かぶき》である。征一郎の屋敷の門を潜ると、すぐ前が母屋の玄関である。小者に用向きを云い、藤左衛門が中に入ろうとしたら、五、六畳敷きの玄関の間に、継裃姿の征一郎が立っていた。身支度を手伝っている妻女が、征一郎に刀を差しだした。そこに、藤左衛門が来訪したのである。

藤左衛門は、御無礼申しますと挨拶し、玄関の土間に入った。征一郎を見上げる姿勢になり、昨日娘の難儀を救って貰ったお礼の言葉を鄭重に述べた。征一郎は、

「拙者らが偶々《たまたま》、通り掛ったのが幸いだった。あのとき冬馬さんがいなかったら、娘御は危なかったな」と、自分を飾らなかった。

藤左衛門は、外にいる忠三より袱紗を受けとり、妻女に手渡した。十両の包みが二つで

六

ある。このとき藤左衛門は内心、おや、と思った。妻女は三十歳くらい、明るく目鼻立ちの整った顔ながら、身の熟《こな》しに粋筋の出か、と疑う節があった。観察どおり、この妻女は元は柳橋の芸者で、征一郎の後添えに納まって早や五年になる。

妻女も、藤左衛門を見た。大材木商、木曽屋の主人というが、目が大きく、鼻も、口も大きく、これでは、さながら歌舞伎の役者だと思った。

征一郎は刀を腰にさした。式台をおり草履をはくと、藤左衛門の傍らに立った。妻女の掌中の袱紗に目をやり、ありがとうよ、と洒脱に挨拶した。

「そういえば、お前さん、去年暮れの入谷《いりや》の火事を覚えているかい」

「鬼子母神の近くの、確か泉屋とか云う仏具屋が火元でございましたか」

「そうだ。南町奉行所の者から聞いたが、あれは付け火だ」

「何と、左様でございましたか」

「泉屋は火元にならぬよう風呂すら造らなかったが、火元になった。日がおち暗かったという。風はなかったらしいが、泉屋と、周りの町家十数軒が焼けおちた。鎮火の後で気がついたら、入谷小町と評判の、泉屋の美しい娘が行方不明になっていた。娘を拐かす目的で付け火したのだ。どこの誰が下手人《げしにん》かと、南町の連中が躍起に探索したが、皆目分らず仕舞いだ。娘は散々嬲《なぶ》られた挙句、今頃遠くに売り飛ばされていよう。酷なことをする。人でなしだ」と云う。

征一郎は声を落した。藤左衛門には身につまされる話である。玄関間の妻女が、嫌な話だねえ、美人は損だねえ、と呟いた。

これより征一郎が出仕すると、北町奉行所には五ツ半に到着する。その時刻に同心らを招集してある。征一郎は奉行所で着替え、同心らを具して、昌平坂にいく手筈である。外には、挟箱《はさみばこ》持ちが顔を覗かせた。藤左衛門は、土屋冬馬様の御屋敷は番町のようにお聞きしておりますが、どの辺りでございましょうか、と尋ねた。

番町は御城の西で、四谷門、市ヶ谷門、牛込門と続く、外曲輪《そとくるわ》の内をいう。麹町各町を除いて、武家地である。東西十六町、南北七、八町の地域に、旗本屋敷がびっしり並んでいる。町名も町筋もいりくんで、番町の番町知らず、というように、番町に住む者も道に迷う。そればかりか、番町は東西に走る五番町の谷と御厩谷《おんまや》があるため、急な崖に通行を阻まれるし、急坂に足を労する。東西に歩くのは容易だが、南北に歩くのはかなり厄介である。

藤左衛門は、この足で御屋敷にいきたいから、場所と行き方を分りやすく教えてほしいのである。征一郎が首を傾《かし》げた。

「番町にいくのはいいが、いっても、冬馬さんはいないよ。毎日御城勤めだ」と、意外な話である。

「御旗本の若様、とお聞きしております」と、藤左衛門は不審げな顔をした。

「冬馬さんは御当主で、御城の御目付だ」

左様でございますか。藤左衛門は困惑した。娘が、御公儀の重職の御方に助けられたとは、予想もしなかった。御紋が三つ石畳、番町の御旗本の若様らしい、と聞いた。

「ま、御家老か御用人に挨拶してくるのが筋だな」と、征一郎が云いそえた。

「お言葉どおりに致したいと存じますが、御家老様、御用人様、どちらにお会いするのがよろしいでしょう」と、一歩踏みこんだ。何しろ先方の事情が分らない。

征一郎は、思案顔になり、そうだなあ、

「御家老は木村様といって、爺様だ。これはよして、御用人の葭田《よしだ》さんか、森さんに会うといいな」

征一郎は、外にでようとした。ふと思い出し振り返ると、鄭重にお辞儀する藤左衛門を見た。含み笑いをして、

「女嫌いの冬馬さんが、お嬢さんを抱いて番屋に運びいれたときの、真面目くさった顔といったら、ありゃ、なかったぜ」

藤左衛門は、訳もなく顔がほてるのを意識した。土間におりた妻女が、何たって、美人は得だねえ、と云った。

征一郎を見送った後、藤左衛門は、一《ひと》先ず日本橋室町の店に取って返した。手代の忠三には、お礼として三十両しかもたせていない。土屋冬馬様の御屋敷は番町の北の端、牛込御門の近く、と教えられた。それなら一度店に戻り、金子を相当に増額して、駿河台下を通っていけばよい。

木曽屋に戻ったとき、五ツ半をすぎていた。店に入ると、番頭や手代が一斉に、旦那様お帰りなさい、と挨拶した。皆、藤左衛門が本業をうっちゃって、後始末に奔走しているのを、心配そうに見た。奥に上り、部屋、部屋に妻女を探した。若い女中に、志津は、と尋ねると、御新造さんは勝手口におられます、と云うのである。

志津は、蔵前の千草の家の者を呼びだし、通夜と葬儀の支度に掛っていた。費用は幾ら掛ろうとも木曽屋が負担し、私が心を籠めて執り行う。朝まで碌に眠れぬ夜を、そのことばかり思いつめた。志津は、おや、という表情で、

六

「八丁堀の島村征一郎様、お会いできませんでしたか」と、主人を見た。

　藤左衛門は声を落し、

「いや、お会いしお礼を申し上げたが、事情が変ったのだ」と、征一郎から聞かされた話を伝えた。娘を助けたのは、本人の云うとおり土屋冬馬様だったことと、土屋様は御公儀の重職にある御方であること、の二つである。お礼が三十両では少ないから、店に戻って出直そうと思った、と説明した。しかし困った、と困惑を口にした。志津は、冬馬の身分に驚かされたが、主人が何に困っているのか分らなかった。

　志津が、お礼を幾らおもちすればよろしいのでしょうか、と聞くので、

「百両、いや、五百両でもおもちしたいが、先方は御目付様でいらっしゃる。額の多少にかかわらず、金子を受けとられることはなかろう。とすると、当方の気持ちが伝わらないのではないか」

　藤左衛門は、ともかく二百両持参し、御屋敷で突き返されたらそりゃ仕方ない、と妻女に話した。志津は、昨夕冬馬が餡菓子を平らげたことを思い出した。あれは尾州様出入りの両口堂の品で、両口堂は麹町の尾州家中屋敷近くに江戸店を開店した。志津は、冬馬様はお菓子好きのように見えました、と話した。

藤左衛門は、いいことを聞いた、と喜んだ。志津は、御屋敷に伺う途中、立派な一箱をお求めになれば、と地理を知らず事もなげに云う。さっき、征一郎が、番町を通っていくと上り下りで苦労するぞ、と親切に教えてくれた。藤左衛門は、忠三に事情を話し、両口堂の菓子を購入するよう云って、すぐ店を出発させた。

時の鐘が四ツをうつのを耳にして、藤左衛門もでかけた。和助を供にして、駿河台下を通って、牛込見附に向った。見附の後ろで落ち合う手筈である。藤左衛門が見附の櫓門を見つけると、その下に、忠三と大柄な丁稚がいた。南には旗本屋敷が一面に広がっていたが、探す屋敷はすぐ分った。

旗本屋敷の規模は、家禄の高に応じて基準があった。土屋家の五千二百石の場合、間口五十間、奥行き四十間で、二千坪である。もっとも、地形の関係もあり、土屋家は、間口五十間ながら、奥行きは凹凸《おうとつ》があってほぼ六十間で、三千坪あった。正面の長屋門の規模も大きく、堂々としている。

藤左衛門は、長屋門の潜り戸を潜った。門番の若い小者が用向きを質すので、木曽屋を名乗り、御用人様にお会いしたい、と申しいれた。取次の若い侍がでてきて、内玄関より上れ、と云う。上ると、内玄関の脇の部屋に通された。程なく六十がらみの用人が、静か

六

に姿をみせた。若侍はともかく、用人も羽織を羽織っていない。

「拙者、当家用人、葭田頼母《たのも》である。木曽屋藤左衛門と申されるか、御用向き承ろう」と云う。穏やかな応対である。藤左衛門は、昨日、娘の難儀を御当主様がお救いくださった事情を話し、お礼を述べた。頼母は軽く首を傾げると、暫しお待ちあれ、と挨拶し、座敷をでていった。かなりして、頼母が、山元太郎左衛門を伴い戻ってきた。

頼母も、太郎左衛門も、地味な小袖に袴である。市ヶ谷の尾州家上屋敷で見る、羽織や派手な小袖は、この御屋敷にはない。藤左衛門は、太郎左衛門に丁寧に平伏し、この御方が昨日室町にお越しになった土屋様のお供だろう、と推測した。果して、太郎左衛門よりは、その旨の挨拶があった。

藤左衛門は、風呂敷の包みを解き、二百両の金子の箱と菓子の箱を重ねて、これを頼母の前に差しだした。頼母が上の紙箱をもちあげると、ずっしり重い。

「当家は主人が目付の職にある。一切受けとれぬ。木曽屋、もち帰るがよい」と、穏やかに云い、二つを押し戻した。予期したことながら、藤左衛門は、

「これが私どもの本業に関わるお品なれば賄賂《まいない》の誘りをうけましょうが、娘の命をお助けくださったお礼の証《しる》しでございますれば、お納めいただきますよう」と懇願した。これを

聞き、頼母は、一理なくはないが、と呟きながら、

「当家主人は、どのようなものもお受けにならぬ」と、強く云いきった。

藤左衛門はやむをえず、せめて粗菓だけでもお納めいただきますよう、と云って、下の桐箱を前におしやった。

頼母が、それもならぬ、と拒否するのを、傍らの藤左衛門が、菓子はよろしかろう、と口添えしてくれた。菓子のみ受領された。

そこで、藤左衛門は、土屋冬馬様に御目通りしたく、本日改めて参上したい旨を、頼母に申しいれた。それなら、七ツ半がよい、という回答があった。

七

土屋冬馬は、宝暦十年十二月十二日、番町に生れた。重直《しげなお》、倫《とも》の嫡子で、冬馬は幼名である。

安永五年五月八日、元服した。名は輝直《てるなお》、剃刀親は直淵甲斐守である。安永八年、土屋志摩守重直が大目付に就任すると、十月一日、部屋住みのまま書院番士となり、俸禄三百俵を拝領した。安永九年五月二十日、重直が急逝し、七月二十日、遺跡をつぎ、武州月形五千二百石を相続した。

天明元年十月三十日、二十二歳にして目付に任じられた。異例の若さである。天明二年十二月十六日、従五位下志摩守に叙任された。

目付の定員は十人である。欠員が生じると、目付部屋において各々が適任と思う者の名を記し、最多の者を決める。目付首座が若年寄に、同役一統の評議の結果だとしてこれを上申する。老中がそれを承認すると、御上《おかみ》に伺うのである。御側の小姓や小納戸《こなんど》を目付に任じるときは、この手順をふまない。

冬馬が目付に任じられたのは、目付部屋の推挙によるものでなく、御側よりの転役でもなかった。御用部屋の推薦によったのである。

天明元年十月、堀帯刀《たてわき》が高齢につき致仕し、目付に欠員が生じた。日をおかず、若年寄の米倉丹後守が、目付首座の井上図書頭《ずしょのかみ》を呼んだ。

本丸御殿の表向きと中奥の境に老中の御用部屋、若年寄の御用部屋が、二部屋、並んである。丹後守は近くの時斗《とけい》の間に図書頭を呼んだ。武州六浦一万二千石、分家の旗本より養子に入った。丹後守は目の前に平伏する図書頭に、目付の後任人事の内談を試みるのである。月番とはいえ、圭角の多い図書頭が相手なので気が重い。

「目付として書院番士の土屋輝直を任命したいが、いかが」

図書頭は顔をあげ、丹後守を見た。不審な顔で、

「土屋輝直という者を、拙者存じません」と、素っ気なく云う。

そこで、丹後守が静かに説明した。職位も年齢も自分より下の相手である。

「そなたも存じておろうが、昨年急逝した土屋志摩守、その嫡子である。志摩も、さらに祖父の土屋学渓も、官歴中、目付を拝命しておる」

「幾つでございますか」

七

「宝暦十年の生れ、当年二十二歳である」

図書頭の眉の間に皺がよった。激しそうになって、呼吸を整えた。

「目付は何よりも老練さが求められます。六十九の堀帯刀殿に代って若年者を任命するのは、いかがでございましょうか」

「年齢で測るものではない。先月没せられた右京大夫《うきょうのだいぶ》様が老中に就任なさったのは三十四歳である。若くして寺社奉行になられ、大坂城代、京都所司代を歴任された。人の賢愚は年齢に関わりない」と、松平右京大夫輝高を引き合いにだした。

図書頭が目付を拝命したのは四十三歳。同役の多くもその前後である。しかし今、年齢を問題にすることを封じられた。丹波守が続けて云う。

「土屋は明律や清律に通暁しておる。過日『明律国字解箚記《さっき》』なる書を版行し、荻生徂徠の書物の誤りを的確に正したという」と云って、木版本を畳の上に滑らせた。

図書頭は法律に暗い。役当りが悪く、評定所番を勤めるときは、至極苦労する。木版本を手にし、図書頭は暫し数葉を黙読した。

「かように虱の睾丸《きんたま》のごとき細々したことを論じて、果して御用が勤まりましょうや」

さすがに丹後守が苦笑し、

「さように謗るものでない。この書は土屋学渓より御上に献上され、御上が披見されたと仄聞する」

図書頭は、同役と評議致します、と答えて退出するしかなかった。御用部屋よりでた話である以上、これは田沼主殿頭《とのものかみ》辺りの発案に違いない。あるいは、元留守居の土屋学渓の働きかけが事の発端かもしれないが、どちらにしても、主殿頭の人脈が自分らの目付部屋に入ると思うと、不快の思いを拭えなかった。

図書頭が目付部屋に戻ると、十六畳の座敷に、第二座の欠員を別として、目付がずらりと並んでいた。図書頭は、丹後守との内談の模様を話し、若年者は困るし、御老中が人事に容喙するのは先例がない。この話は打ち毀そう、と主張した。しかし第三、第四座の者らが、それでは図書頭殿が立場をなくすのではないか懸念した。議論の上で、もしかの者が若年にして御役が勤まらないときは我らが罷免を上申しようと申し合せて、渋々ながら申し入れを受けいれたのである。

宝暦、明和の頃より、番入りや役付きのさい、新参の者が同役一統に振る舞いの饗応をするのが慣例となり、年を追うごとに、饗応の度が高じた。もっとも、目付は職掌が職掌であるし、多忙な役で余財はできず、身代によくなかった。そのため、振る舞いをする人

七

もいれば、しない人もいた。

天明元年十一月に入るや、土屋家は一夜これを催行した。料理は、浅草山谷の八百善の板前数人を雇い、念入りに調理させて供した。酒は、山印の天野酒を供した。

古参の者らは久々の御馳走に舌鼓をうった。酔いの回ったところで、当家は先代志摩守殿が長く長崎奉行をお務めなされたゆえ、裕福で結構なことだ、と云う者がいたり、当家は先々代学渓様が御留守居に陞《のぼ》られ、麻布に下屋敷を拝領し、致仕されると毎年隠居料を頂戴しておる。我らも励まねばならぬ、と云う者がいたりした。

饗応を仕切ったのは用人の葭田頼母である。頼母は二昔前、高齢の用人、葭田安之輔の傍らで、父に代って、先代の目付就任の饗応を仕切ったから、二度目である。先代四十一歳で、冬馬誕生の直前のことである。今回も金に糸目をつけなかったが、少しは節約するよう算段した。

冬馬の若年を意識して、諸事控え目にしたのである。冬馬も目付に就任して、書院番士のときよりも、一層目立たないよう心がけた。天明二年十二月、官位仰せ付けの日、冬馬は、祖父や父と同じく、従五位下志摩守に叙任された。このとき、布衣《ほいやく》役の目付中、官位のあるのは少数だったが、叙任を妬む人は見当らなかった。

この頃、目付の柳生主膳正《しゅぜんのかみ》が図書頭に向い、冬馬の御役の勤め方に何か問題があるかと尋ねたことがある。図書頭は言下に、

「誰が仕込んだのか知らぬが、かの者のような若様育ちが、冬は日陰、夏は日表《ひおもて》と、謙虚に気を配っていては、拙者の叩きようがない」と返答した。

八

天明三年に戻る。土屋冬馬は、九月三日の朝、少し早く番町の屋敷をでた。好晴の日である。本丸御殿についたのは、五ツ半である。中の口門より入り、右手の板敷きの廊下を歩き、目付の下部屋の障子をあけた。広い下部屋は無人である。壁に二列に並ぶ刀架に刀が二振《ふた》りかけてあった。

月番の安藤郷右衛門、野一色《のいっしき》頼母の二人は、既に奥の目付部屋に入ってしまったものと思われた。冬馬は腰から刀を外し、刀架の一番下にかけた。冬馬は昨夜灯火の下で、浪人を斬り捨てた顚末を簡略に書面に記した。この書面を月番の者の手をへて、月番の若年寄に届けでようと考え、早く登城してきたのである。さてどうしたものか。

暫《しば》し佇んでいると、障子があいた。入ってきたのは井上図書頭である。冬馬は、精悍な顔付きの図書頭に一揖《いちゆう》した。

「私、初めてのことで当惑しております。井上様、御示教を願えましょうか」

「土屋、どうした。何かあったのか」

「昨日昌平坂で賊を斬り捨てました。御用番の石見守様に届けでるには、どのように致せばよろしいでしょうか」と、懐中の書面を取りだした。

図書頭は、拝見してよいか、と尋ねた。冬馬は、御覧ください、と云って、両手で書面を差しだした。図書頭は一読して顔をあげ、まじまじと冬馬の顔を正視した。

「石見守様は既に御登城のはず。同朋を下部屋にやり、御返事のあり次第、そなたが直《じき》に届けるがよい」

独り船載の律書を読む文弱の徒かと思ったが、剣術も達者らしい。これは意想外の拾い物かもしれぬ。図書頭は、廊下にでる冬馬の後ろ姿を見送った。

冬馬は、奥の目付部屋に入り、上座にいる安藤、野一色の二人に挨拶した。釜がかけてある側に、年少の数寄屋坊主が二人いた。冬馬が下座につくと、早速一人が煎茶をもってきた。冬馬は、部屋の隅の十歳くらいの坊主を手招きし、坊主の目を見て、すぐ覚阿弥を呼んで参れ、と命じた。

冬馬は、少時の後、若年寄酒井石見守の下部屋に入った。促されて面をあげ、石見守の顔を見上げた。出羽松山二万五千石、若年寄の最古参で、将棋の名手である。

「確かに承知した。そなた手疵を負わなかったか」

「お蔭様で無疵でございました」

古稀を迎えた石見守は、目尻に細かな皺をよせ微笑した。ふと思い出して、

「学渓殿は息災か」と、懐しそうである。

ありがとう存じます。幸い、機嫌よくしております、と返答した。

「それは重畳。そなたも御役に励め」と、懇《ねんご》ろな言葉があった。

これで、昌平坂の一件は事なく終った。冬馬は、大廊下を引き返しながら、昨夕木曽屋で同心を斬っていれば辞表をもってくるところだ、と別の展開を頭に描いた。むらむらと起った怒りである。あれで抜刀して、果して咄嗟に峰を反せたかどうか、我ながら自信がない。

九ツ頃、図書頭が手洗いへ目付部屋をでたとき、目付方御用所より宮本勘左衛門がくるのと出会った。宮本は徒目付《かちめつけ》で、時々南北の町奉行所に出張し、与力らの曲直を監察する者である。奉行所の者より嫌われていた。図書頭は朝、目付部屋に入る前に、目付方御用所に顔をだし、土屋冬馬の一件の裏をとるよう命じたのである。

図書頭は、近くの蘇鉄の間を覗いてみて、薄暗く無人なのを確かめた。宮本を誘い、中に入った。宮本が戸を静かにしめた。細長い部屋で、昔、松の廊下の事件直後、十一間半

ある部屋の両端に浅野内匠頭、吉良上野介の二人が暫時いれられた。今は諸大名の留守居らの控室に使っている。図書頭と宮本は部屋の片端に立ったままで、

「土屋の一件、調べて参ったか」と、心持ち声を落して尋ねた。

「直淵様の用人、古川儀右衛門に面会し、確認して参りました。土屋様の御届けのとおり誤りございません」と、これもひそひそ小声。

「なら、よい」

「これは書面にして差しあげますか」

「無用である」と、明るく返答した。

その日、冬馬が屋敷に帰ったのは、七ツである。玄関には、家老の木村儀右衛門《ぎえもん》、用人の葭田頼母、同じく森酉之祐《とりのすけ》が出迎えた。数歩下って、老女の菊が出迎えた。菊は冬馬の母、倫の侍女で、倫と同じ元文元年の生れ、四十八歳。冬馬六歳のとき倫が病没し、それより倫の代役を務めてきた。背丈のある女である。

冬馬が自室に向うと、頼母、菊の二人が後を追ってきた。冬馬は母屋を使わず、別棟にある部屋を使っていた。別棟は妻木家の息女の輿入れが決って新築されたもので、母屋との間に渡り廊下がある。別棟の東側に冬馬の居間、次の間、三の間があり、西側にも背中

合せに三部屋あるが、今は空である。

冬馬は居間に入り、刀を刀架にかけた。振り返って、廊下に控える二人を見た。頼母が正座の姿勢を崩さず、昌平坂の一件をもちだした。四ツ半頃、木曽屋藤左衛門が来訪したことを報じて、冬馬様、危ないことをなさいますな、と冬馬を見上げて諫言した。

「危なかった」と、冬馬は素直に認めた。

菊がやはり正座したまま、冬馬を見上げた。これも強い目で、

「衣桁《いこう》のお召し物、小袖も袴も見事に血に染まっておりました。今朝萩野が気づき、顔色を変え飛んできました」と、詰る口調である。萩野は、冬馬の身辺を世話する、縹緻《きりょう》よしの侍女である。

「洗って使えるものなら洗って貰い、使えなければ捨てるしかない」と菊に云い、頼母には、太郎左を呼んでくれ、と頼んだ。

昨夜は顚末書を書きあげるのに手一杯で、刀を調べられなかった。灯火の下、一見したところ、刃毀《はこぼ》れはないように見えた。太郎左を煩せて、よい研師《とぎし》にだしたいのである。刀は、学渓が昔、大坂町奉行在任中、泉州堺の刀匠に創らせた銘のない業物《わざもの》、二振りの長い方である。今日は別の一振り、短い方をさしていった。

七ツ半、近習の沢口伊織がきて、木曽屋が参りました、と報じた。伊織は、座敷の奥の主人の顔をじっと見た。冬馬が気づいて、

「伊織、木曽屋がどうかしたか」

「小弥太が何と思ったか、明神下の吉弥と申す者を一緒に内玄関よりあげました。いかが致しましょう」

小弥太は御側向き御用の柴田主水《もんど》の嫡男で、近頃来客の取次を勤めている。冬馬の気性を知っていて、分け隔てをしなかったことが伊織を途惑わせた。

一緒に三の間に通せ、と云おうとして、拙《まず》い、と思い直した。吉弥はおそらく、拐かしの黒幕について、何かを知らせにきたに違いない。

「まず、木曽屋を通せ。吉弥は辰の間で少し待たせよ」と指示した。

冬馬は別棟の三の間を、ずっと自分の客間に使っている。公式の来客には、母屋の表の書院や奥の書院を使う。辰の間は内玄関の脇にある部屋である。

藤左衛門は、渡り廊下より、別棟の三の間に案内された。床の間や違い棚や、付《つけ》書院のある広い座敷で、普請が新しい。柱も長押や敷居も、木が太い。建材の一つ一つが材木商が見て安価なものではない。掛軸は、雄渾な墨書で「思無邪」と読める。思い、よこしま

なし。商人たる藤左衛門は知らないが、これは崇伝《すうでん》晩年の書である。昔、崇伝より久留里の土屋家に送られたもので、冬馬が気にいり、父の死後、奥の書院よりここに移したのである。

冬馬は、伊織の案内する声を聞き、一度廊下にでて、三の間に入った。藤左衛門が平伏した。床の間を背にして座り、楽にしてほしい、と声をかけた。

藤左衛門は、顔をあげ冬馬を見た。御公儀の重職というが、若い。涼しい目元、締った口元。これが御旗本の気品というものか。店の使用人にも、商人仲間にも、似た感じの者はいない。この方のお蔭で、弥生は危機を脱した。自ずと頭が下り、お礼の言葉を選んでいたとき、広い中庭に面した東の廊下に人影がさした。

御免、と云って、山元太郎左衛門が入ってきた。入り際近くに腰を下した。続いて萩野が入ってきて、武州月形のお茶でございます、と云って茶を供した。

藤左衛門が見ると、紅赤の矢絣《やがすり》の小袖に梅鼠《うめねず》色の帯をしめた、若い侍女である。弥生と同じ年頃か、少し若い。きりっとして賢そうに見える。

冬馬が茶碗をもち、どうぞ、と勧めた。藤左衛門は、昨日娘の難儀を救って貰ったお礼の言葉を、心より鄭重に述べた。

「そう大仰に云われると、何だかバツが悪い。白昼、御府内を騒がす賊を見て、武士なら捨てておけません。そのとき助けたのが、偶々木曽屋の娘御だった」

藤左衛門は、昨日昌平坂で身を危険に晒した冬馬が、両親《ふたおや》の負担を軽くしようと努めてくれることを、ありがたいと感じた。

「娘をお助けくださるために、御身分のあられる御方を危険にお晒しし、大変申し訳ないことでございます」と、言葉どおり恐縮しきったのである。

「北町奉行所の島村さんと付き合っていては、いつ、どこで巻きこまれるか知れたものではありません。昨日は格別、それまでよく無事でいたと思わざるをえません」

藤左衛門は、初対面の冬馬の怜悧さを見抜いた。大身の旗本の御当主だと感じさせない言動を好ましく思った。冬馬様のような坂崎出羽守なら千姫様も輿入れされよう、と夢想した。しかし余計なことは考えまい。大材木商ながら、木曽屋が御公儀の重職にある御方と、気安く交際はできまい。

「娘御の怪我、少しはよくなりましたか」と、冬馬はさりげなく尋ねた。

「御蔭様で、快方に向っております。おそらく数日でよくなりましょう。医師は、土屋様の御指図が適切だった、と申しておりました」

「太郎左、あの品を見舞いにお渡しせよ」

太郎左衛門が立ち上り、青い風呂敷に包んだ品を藤左衛門に手渡した。この中に見舞いの品が入っている。

「ありがとう存じます」

「長崎表の朱欒《ざぼん》の砂糖菓子です」と、冬馬が云う。

朱欒でございますか。何か分らず、藤左衛門が復唱した。

「朱欒は文旦です。当家には、長崎表の崎陽《きよう》屋より毎年種々の品が届きます」

今年も崎陽屋が送ってきた中に、この朱欒があった。太郎左衛門は別棟にくる前、老女の菊より風呂敷に包んだ一箱を託された。

長くなっては御無礼になると、藤左衛門が辞去する言葉を述べた。太郎左衛門が内玄関まで、藤左衛門を見送った。

入れ代って、伊織の案内により、吉弥が三の間に入ってきた。岡っ引きの分際で御旗本の座敷に客として迎えられるとは、想像もしなかった。木曽屋は、お前さんの御用がすむまで待っているよ、と云う。その言葉を背にうけ、別棟に案内されてきたが、冬馬を見ると、海千山千の積りの吉弥がすっかり固くなった。畳に額をすりつけてしまった。

しまった。

「でございますが、土屋様。あっしは、あなた様が御目付様とてんで存じ上げず、御無礼の数々、面目次第もありません」

そこに萩野が入ってきて、吉弥の前に月形の茶をおいた。吉弥は年甲斐もなく赤面して
しまった。

親分、どうした。冬馬がおかしそうに問う。吉弥、ますますいけない。

「せめて、あっし、羽織袴でございましたら」と弁解した。待つ間、日頃帯に挟んでいる小袖の裾の皺を、苦労して伸ばしたのである。

冬馬は、座敷をでる萩野が、くすっと笑ったような気がした。

「人は衣服や身形ではあるまい」

吉弥は何か云いたく、云おうとしてやめた。大事な報告があった。

「昨夕の尾けてきた奴。熊市と為八に尾けさせました。二人は一里半も歩かされ、大川を向島に渡り、小梅村《こんめむら》の田圃の真ん中の、広大な別宅まで尾けました。取って返せば町々の木戸は通れる時刻でしたが、持ち主を確かめようと、昨夜は長命寺さんに泊めて貰い、朝を待って持ち主を調べて参りました」と云うのである。上っているので話が諄い。冬馬は

八

じっと耳を傾けている。

「別宅は浅草蔵前の札差、大口屋開三郎の持ち物でございます」

「札差が拐かしに関わりがあるのか」

「二人が聞き込みをやりましたが、二年ばかり前に別宅が営まれて以来、何人もの浪人者が出入りしているそうです。別宅の周りは一面田圃で、御用の者が動きにくく、難儀したそうでございます」

「それは苦労をかけた」

「土屋様は札差に詳しゅうございますか」

「いや、私は不案内だ」と、首を横にふった。

「あっしもよく知りませんが、二人が戻ってきましたので、用心のため、熊を木曽屋さんにおいて、為と二人で蔵前にいき、あれこれ調べて参りました」

吉弥が説明した。札差の店は、大小およそ百店ある。御蔵の前に大店を構え、力のあるのが伊勢屋と大口屋の二つで、伊勢屋は喜太郎、喜十郎、四郎兵衛、四郎左衛門ら、大口屋は治兵衛、八兵衛《はちべい》、開三郎らが、各自大店をもち商いをしている。伊勢屋に比べ、大口屋は商いが荒っぽい、と悪評がある。

「中でも、開三郎は辣腕で財をなした、と嫌われています。この男、めっぽう女癖が悪いという噂です。妾が数人あるほか、眉目《みめ》よい女中は手当り次第、手をつける。何でも女中に上った夜に乱暴されて、井戸に身をなげた子がいるとか」と、顔を顰めた。聞き込みをして、吉弥は敵意をもった。

「行状は尾鰭がついたかもしれない。しかし熊市らの調べが事実なら、札差が向島に浪人を養っている。これは解せない話だ」と、冬馬も不審に思った。

「あっし、明日にも向島にいき、探って参ります」

「面倒だが、そうしてくれ」

「土屋様。開三郎は叩けば埃がでますぜ」

「この話、島村さんに残らず話してくれ。その男、浪人を使っているというのが、どうも気になる。木曽屋に人は多かろうが、用心に越したことはない。当分は夜間、親分ら交替で木曽屋に泊り、警戒してくれ」

冬馬は、左の袂に手をいれ、金子をだした。十両の包み。吉弥の前におき、当分賄ってくれ。吉弥は、慌てて、いけません。昨日も頂戴しました。

「お前は子分が三人もいる。邪魔になるものでなし、これはとっておけ」と云うと、吉弥の子分は熊市一人で、為八と和助の二人は、弟分、下谷《したや》広小路の岡っ引き長吉の子分だったが、長吉が殺害されたため自分が引きとった、と話した。冬馬、そうか、同じ子分に見えた。

「木曽屋さんからも頂きました」

「双方から貰っておけ」

吉弥は顔に朱を注ぎ、冬馬を見返した。

「怒るな。お前の性分は分っている」

吉弥は恨めしそうな目で、

「お言葉がお言葉でございます」

冬馬は微笑して、

「窮屈に考えるな。気になるなら、額の多い方を貰い、少ない方を辞退する」

この御方には敵わないな、と思う。今にこの御方が御奉行になる日がくれば、江戸の町は安泰だ。その頃自分は老齢だが、熊市らは活躍する場が与えられるに違いない。

吉弥は、必ず土屋様の期待に応えよう、と決心した。今一度伊織に先導され、顔を上気させて内玄関に向った。まず木曽屋さんを室町のお店にお送りするのだ。

九

九月四日、五ツ半頃、土屋冬馬は、江戸城大手門より東へ数町、辰の口にある評定所に出仕しようと仕度していた。この日の役当りが評定所番で、評定所の裁判に陪席するのである。しかもこの日は珍しく刑事裁判も予定され、冬馬自身、三手掛の一員として審理に加わるよう求められていた。

評定所の裁判は、式日、御用日、それぞれ月に三日行われる。どちらも裁判を行うことに変りはない。式日は老中一人が出座するから、御用日に決せざるものを式日に移し決裁を仰ぐ、ということがある。宝暦元年以降、式日は毎月二日、十一日、二十一日で、御用日は四日、十三日、二十五日である。

この日も好晴の日である。母屋と別棟の奥にある冬馬の居間は、廊下越しに広々とした庭が見渡せた。近習の沢口伊織がきて、撥剌とした表情で、

「駿河台下土屋様より長井宇左衛門《うざえもん》なる者が参り、御目通りを願っておりますが、いかが致しましょう」と聞く。

九

「宇左衛門か。三の間に通してくれ」と命じ、前に会ったことのある、上屋敷の用人の顔を思い起した。もう四十歳を超えたか、切れ者である。

　暫し間を測って、麻裃に脇差をさした姿で、廊下を通って三の間に入った。宇左衛門が平伏して、

「早朝より御無礼仕ります。志摩守様、御機嫌よくあらせられ、恐悦に存じます」と挨拶した。冬馬は、やはりこの者か、記憶に誤りはないな。

　床の間を背に座って、声をかけた。

「宇左衛門、楽にせよ。土浦で何か急なことが出来《しゅったい》したか」

　土浦土屋家は、相模守政直が老中として、五代様より八代様まで四代に仕えた。相模守は、この間、四万五千石の所領を、九万五千石にふやした。

「急なことは出来しておりませぬが、しかし急なことでございます」と、真顔である。

「難しい話をもちこむのか」

「さしあたり矢代兵右衛門が志摩守様に御目通り致したく、この儀、志摩守様の御都合をお漏らしくださいますようお願いに罷りでました」と、深く頭をさげた。

　兵右衛門が何用でくるか分らないが、と冬馬は宇左衛門の頭に云った。

宇左衛門が顔をあげ、押し殺した声で、

「田沼様の御用人より、田沼様の御子息、意文《おきふみ》様を敦姫《あつひめ》様の御婿養子にいかがか。内々のお申し入れがございました」

敦姫は、土浦先々代の能登守篤直の二女である。長女は夭折した。安永五年、能登守の病没後、敦姫の庶兄たる左京が遺領をついで相模守に叙任されたが、安永六年、十七歳で病没した。今の当主は同じく庶兄の健次郎である。敦姫と同じ明和五年の生れ、十六歳である。冬馬は記憶の中より、目鼻の整った敦姫の幼顔を思い浮べた。

「病弱ながら、健次郎がいるではないか」

「御当主が御病弱。お困りだろう、と露骨に申されたそうでございます」

「分った。承知したが、今日は遅くなる」

「明日はいかがでございましょうか」と、切羽つまった表情である。

「明日は御城の宿直《とのい》だ。明後日の夕刻がよい」

宇左衛門が平伏し、御礼の言葉を言上した。

冬馬は居間に戻り刀架の刀をとると、早足で玄関にでた。葭田頼母、森酉之祐ら家士が見送った。外には、供の者が冬馬のでてくるのを待って控えていた。傍らに、宇左衛門と

九

供の侍がいて、冬馬に向い深々と頭をさげた。冬馬は、兵右衛門に明後日、待っていると云ってくれ、と声をかけた。

冬馬は、大手門を右に見て、四ツ、評定所についた。御城に面した表門を入ると、広い式台より玄関に上った。書役《かきやく》の者に刀を預け、屏風の間、次の間、三の間と続く、三の間に入った。二十一畳ある座敷には、町奉行直淵甲斐守、同牧田大隅守、勘定奉行桑原能登守、同山村信濃守の四人が着座していた。冬馬は一揖して末席に座った。間もなく、井上河内守ら、寺社奉行四人が部屋に入ってきた。寺社奉行は奏者番《そうじゃばん》上席者の加役で、大名である。四人は、他の者の鄭重な挨拶をうけ、上座に座った。

四ツをかなりすぎて、一同、評席に入った。評席は白洲に南面し、横十間の細長い座敷で三十畳ある。その外に畳敷きの上縁と板敷きの下縁があり、建物の外に、大きな白洲がある。上縁に留役組頭はじめ、留役数人が揃って平伏していた。組頭の林龍太郎が次第を説明した。

奉行の半数が元の座敷へ立ちさると、この日の審理が始められた。まず、寺社奉行所管の公事一件、次に町奉行所管の公事三件、それぞれ初回の審理が終った。続いて勘定奉行所管の四件に掛ったが、最初の公事の内容が錯綜し、これに躓いてしまった。これら八件は皆、金銭貸借などの金公事《かねくじ》である。

この一件が片づき、昼食のため白洲をしめたのが、九ツを大分すぎていた。冬馬は目付として、この間ずっと評席に座り続けた。公事人や差添人も、多くの下役も、目付の眼中にはない。目付が見ているのは、奉行らの非違に限られる。ずっと黙しているから、楽なようで辛い仕事である。

白洲をしめると、寺社奉行の堀田相模守、阿部備中守、安藤対馬守の三人は、井上河内守一人を残し、登城していった。他の者は昼食の弁当を使った。冬馬は、直淵甲斐守より隣の御内座に呼ばれた。御内座と三の間は評席とは逆の北側にある。御内座は二十七畳の座敷で、審理中、三奉行が所見を異にするとき協議する部屋である。

冬馬が入っていくと、直淵が、林龍太郎、小俣新八郎の二人と話していた。冬馬も同じように座った。直淵は、

「三件を残しているが、これがすんだら、八ツ半より詮議物に掛る。対馬守殿は八ツ半前お越しになる」と、冬馬に云う。対馬守は、大目付の松平対馬守である。

「詮議物は、大番組伊東長十郎が侍女を殺《あや》めた一件である。この件は妻木采女、書院番士の妻木より告発する訴状がでておる」

九

直淵は、ちらっと冬馬に目を走らせた。采女は、冬馬が三年前の安永九年、三月《みつき》で離縁した幸《さち》の弟である。昨年妻木伊予守が死去し、采女は嫡子として濃州妻木五千石の遺跡をついで、日が浅い。冬馬は、直淵の説明を聞き、果してどのような事案か少なからず関心をもった。

直淵は、林、小俣を目でさし、

「先月下旬、この二人が妻木、ついで伊東を呼びだし、入念に調べを行った。妻木は侍女殺しを糾弾し、伊東は無礼討ちを主張して、どちらも譲らない。この件は一歩判断を誤ると、三河以来の旗本家を一家、あるいは両家とも潰しかねない」と、眉を顰めた。

「予は事の真相を明らかにするため、今回は対決を用いるほかないと思料し、本日両人を召喚した。しかし予は曾て対決を用いたことがないし、この者らも対決の場面を知らぬと云う。なるべく慎重にやろうと思うが、さしあたって問題は、白洲を使うか、座敷を使うか決めねばならぬ」と云い、林、小俣を見た。林が冬馬に説明した。

「志摩守様御存じのとおり、御目見《おめみえ》以上は座敷吟味でございますが、妻木様御同道の差添人は旗本でなく、家士の黒沼右近なる者でございます。対決においては、妻木様より自分若年ゆえこの者をして申し立てたい、との書面がでております。この儀お取り上げになるなら、黒沼はむろん、白洲吟味でございます」

直淵は、これは取りあげたい。審理の公平を期するには、采女のみならず、家士をして申し立てさせ、弁明させてよかろう、と云うのである。

冬馬は、これを聞き、

「采女は確か二十二か三のはず。当主にして御役についております」と反論した。

「妻木の子女は、子息も娘も凡の凡。采女では伊東長十郎に太刀打ちはできまい。采女が碌に申し立てもできず、碌々弁明もできず、誣告の罪を被るのは見るに忍びない」

「そういう御配慮ならば、訴人に黒沼を加えることに異存ございません」と、冬馬はこれを譲った。

直淵は太い息をつき、

「さて、話を戻す。先例に従い、旗本両人は溜りの間において、家士は白洲において吟味するとしよう。目付として、冬馬の所見はいかが」と、冬馬に確認した。溜りの間は評席の隣の座敷である。冬馬は、はっきり頷いた。

直淵が、これも確認なるが、と云って、

「伊東長十郎より、侍女を手討ちにした、との届けが目付衆にでていまいな」

冬馬は、でておりません、と返事して、

「この件、対決を採用されますからには、本日一日を以て終局にもっていかれる御積りでございますか」と質問した。

直淵は、冬馬の顔を強く見返して、

「決着をつけたい。もっともそなたも知るように、御老中に仕置き伺いの後、判決は後日申し渡す」と返答した。

十

勘定奉行所管の公事が終り、小憩の後、八ツ半、溜りの間において三手掛による法廷が開かれた。十四畳の座敷で、上座が奉行席である。直淵甲斐守、松平対馬守、土屋志摩守の三人が着座した。奉行席より下って、左右に留役、書役が二人ずつ並んだ。本日の当事者たる妻木采女、および伊東長十郎は、麻裃を着用し、下座に平伏した。

まず、松平対馬守が「今般伊東長十郎、侍女手討ちの一件につき、松平周防守様御指図にて御詮議仰せつけられ候」と、高齢ながら張りのある声で、開廷を宣した。秋の午後の座敷に張りつめた空気が流れた。長十郎の肩衣《かたぎぬ》が小さく動揺したが、采女は平伏したまま微動もしない。

直淵が審理を始めた。まず采女を尋問した。

「妻木采女、その方、姉婿の伊東長十郎が侍女を殺めた段不埒なりとの旨、訴えに及んでおるが、これに相違ないか」

采女が体を伏せたまま、僅かに顔をあげた。蒼白ながら彫りの深い顔で、美少年の面影を残している。

「相違ありません」

「長十郎が自らの侍女を手討ちにして、どこが不埒か」

「殺められた者は姉が嫁ぐさい引きつれました者、伊東家の侍女ではありません」

「その方の姉にしろ、侍女にしろ、主人が長十郎であることは自明であろう。しかも姉婿なれば、その方には目上に当る。目上を訴えて非道ではないか」

采女は蒼白の顔を強張《こわば》らせ、唇を震わせた。声にならず、目を畳に落した。直淵はそれを一瞥して、尋問する相手をかえた。

「伊東長十郎、その方、さる八月十二日、奥の侍女にて蕗なる者を手討ちにした由、これに相違ないか」

冬馬はこのとき、幸が長十郎に再嫁していたことに気づいた。黒沼右近の名がでた時点で、気づくべきだった。手討ちにされた蕗は、黒沼の娘である。冬馬が三月で幸に去り状を送ったのは、この者の悪辣な離間策にのせられたためである。冬馬も蕗を斬り捨てようとしたが、何とか怒りを押えた。

長十郎は平伏したまま、顔をあげることができない。相違ございません、と無骨そうな

十

体付きに似ず、か細い声である。

「長十郎、面をあげよ。その方の返答が聞えぬぞ」と、直淵の叱声が飛んだ。

長十郎がおずおず顔をあげた。冬馬は、幸が再嫁した相手を見た。もう三十歳を超えているようか。本来男らしい顔立ちのはずが、今、目は落ち窪み、憔悴しきっている。

「そっ、相違ございません」

「ならば、その者にどのような不届きな所業があったのか」

「拙者の奥座敷の金子を盗むこと、数度に及びました」

やはり盗癖があったか、と冬馬に思い当る節がある。

「盗みなら自ら手を汚さずとも、その者を奉行所につきだせばよい。他に事情があるのではないか」

平伏する長十郎の両腕が、わなわな震えるように見えた。直淵が、

「他に事情があるのか」と重ねて問うた。

「八月十二日、拙者、奥座敷小箪笥の金子に手をかけた蕗を捕えました。然るに蕗は奥様のお申し付けでございます、と云いぬけようと致しました。一度目も、二度目も、同様でございました」

「その事実があれば、その者の盗みではあるまい」

「事実はございませぬ。逃《のが》れられぬと知るや、拙者に向って悪口雑言の数々。余りのことに許しがたく、手にかけました」

「ならば、どう悪態をついたか、申してみよ」

長十郎の額に汗が滲んだ。両腕が大きく震えた。

「申し上げることはできません」

直淵の膝が少し前にでた。

「それを申さねば、そなたの冤《えん》を雪《そそ》ぐことは叶うまい」

直淵は暫し待ったが、平伏したまま長十郎が頑なに押し黙った様子を見て、匙をなげてしまった。対馬守、冬馬に目礼すると、少時休廷すると宣した。

十

直淵は、二人を誘い評席に移った。白洲の後ろは、瓦のない丸太塀である。塀の向うには伝奏《てんそう》屋敷がある。伝奏屋敷の木立越しに、秋の日が僅かに西へ傾き始めた。

評席の上縁の左右に町奉行所の与力が一人ずつ座り、白洲の小砂利の四隅に同じく同心が一人ずつ座っていた。皆、直淵配下の北町奉行所の者である。下縁の真ん中より数歩左に、羽織袴の侍が一人いた。直淵ら三人が席についたのを見て、大仰に平伏した。脇差をとりあげられ、無腰である。

　直淵は、下縁に目をやり、黒沼を認識した。直淵は、

「その方が妻木の家士、黒沼右近か」

　黒沼は平伏のまま、左様でございます、と落ちついた返答である。

　直淵は、采女の提出した書面を畳の上におくと、

「伊東長十郎、侍女手討ち一件につき、追加の審理を行う」と、強い声で宣した。さらに言葉をついで、

「その方、主人に代り申し立てると云う。何を申し立てるのか。またこの一件、歴とした謂れがあれば、主人は逆に誣告の罪に問われねばなるまい。その方、面をあげ、確《しか》と弁明せよ」

　黒沼が上体を起した。五十に届く侍で、恰幅がよい。

　対馬守や冬馬の目も、黒沼に注がれた。下縁に一人無腰でいながら、傲然と構えているのが、何とも憎々しい。自分は当事者でなく問罪されはしまい、と高を括っている様子である。しかしその目が、一瞬ぎょっとして見開かれた。奉行席に座る冬馬に気づいたのである。

十

黒沼はさりげなく姿勢を正し、

「伊東様が殺められた者は、伊東様御家の者ではございません。紛《まご》う方《かた》なく、奥様の侍女でございます。然るに奥様の御承諾なくして手討ちにするなど、以ての外、理不尽な所業としか申せません」

直淵は煩わしそうに、

「伊東長十郎の屋敷に住《すま》う者は、格別の事情ある者を除き、皆、主人たる長十郎の支配に服すること、理の当然であろう」

黒沼が顔を赤くした。むっとした表情を押えて、

「伊東様は、奥様御輿入れの初めより、お供致した侍女の豊満な体に目をつけ、手籠めにせんと機会を窺われました。この者が靡《なび》かないばかりか、八月十二日、手荒く拒みましたため、憎さ百倍とやら斬って捨てられました」

幸が華奢な体だったのに対し、蕗は豊満だった。冬馬の記憶に蘇った。

直淵は、黒沼に強い目をむけ、

「その方、今申したことは、確たる証拠があるか」

黒沼は、怯《ひる》みもせず、

「事柄の性質上、証拠なり、あるいは、それらしきものはございません」

「ならば、証人がいようか」

「恐れながら、拙者が証人でございます。蕗は伊東様に追い回され、極めて困難な立場にあると、泣きながら拙者に吐露したことがございます」

直淵は、さすがに唖然とした。しかし町奉行たること十四年、悪人を見てきた。

「他に証人はいまいか」

「伊東様御屋敷の者は、この件は、証人たりうる者も口を噤みましょう」

直淵は、白洲の上の宙を見た。暫し沈思の後、我に返ると、左右の対馬守、冬馬に目礼した。

直淵は次に、少し前、奉行らと一緒に溜りの間より評席に移り、敷居近くに並ぶ留役や書役に向って強い声で、

「長十郎をこれえ」

長十郎が低い姿勢で現れ、奉行席に向って平伏した。直淵が、

「黒沼、今その方が申した話を繰り返せ」

黒沼は、憎さ百倍の話を、再度《ふたたび》平然と披露した。長十郎は、がばと上体を起し、黒沼を

十

ぐっと睨みつけた。思わず腰の脇差に手をやった。

直淵は、目の端でこれを見て、

「長十郎、黒沼の申し立てたことに覚えがあるか」

長十郎は大きく頭をふり、

「出鱈目でございます」と、大声で否定した。怒りで顔が大きく歪んだ。

直淵は、さもあろう、と小さく呟き、再び留役らに、

「長十郎を戻し、代って采女を」

采女が現れ、奉行席に向って平伏した。直淵が、

「黒沼、話を繰り返せ」と、強い声で命じた。

黒沼は、直淵の意図が分らないまま、仕方なく三度《みたび》披露した。直淵は、

「采女、今の申し立てを存じておったか」

「拙者は存じておりません」と、怪訝な顔付きである。

直淵は、さもあろう、と大きく呟くと、再び尋ねた。

「黒沼が蕗より泣きながら辛い立場を訴えられた、という話の真偽。その方、いかように聞いたか」

「右近と蕗は父娘《おやこ》でございます。蕗が右近に申しても何ら不思議はございません」

采女の証言は審理の場に衝撃を与えた。あっ、と留役や与力らが発した音は、一つ一つは小さなものながら、合さって審理の場の空気を揺がした。直淵は、采女に対して黒沼の証言の真偽を質問した。采女の返答は、図らずも、この者が証人たりうるかという問題を提起していたのである。

皆、黒沼右近なる口達者を妻木の家士であり用人だ、と認識していた。この者が手討ちにされた蕗の父親たる事実は、裁判が敵討ちとして利用されているのではないか。疑いを抱かせた。采女は、凡人どころか愚者である。一歩誤れば五千石を棒にふる。なぜ愚劣な危険を冒すのか、誰もが首を傾げていたのである。

直淵は、左右の二人に目礼し、溜りの間の審理を再開したいと求めた。二人はこれを是とし、審理の場は溜りの間に戻った。

七ツ近く、三手掛の審理が再開され、奉行ら三人、留役ら四人、当事者二人は、元の座についた。直淵は、

「これまでの審理で論点は出尽した。采女の主張は却下し、長十郎の主張の真偽を正確に見極めなければならぬ。その方ら面をあげよ」

十

二人は、おずおず顔をあげた。采女の顔は真っ青である。直淵は、采女に向い、その方の姉は番町に帰っておるのか、やはり駿河台におるのか、と尋ねた。拙者の屋敷に帰っておりません、という返答である。直淵は、長十郎の方に顔をむけた。怒りで真っ赤な顔である。

「その方の奥は、今、駿河台の屋敷におるな」

長十郎が、拙者の屋敷におります、と返答した。

直淵は、左右の二人に目礼し、ここに至れば長十郎の妻室を召喚するしかない。裁判の決着をつけるには、これが唯一の方法ならん、と説明した。

「長十郎。その方の奥は、呼べば出頭できような」

長十郎は狼狽顔で、口籠りながら、

「荊妻はこの春に出産し、爾後、体を壊しております」と云う。

直淵は、長十郎に目をやり、左様か、その方の冤を雪ぐ証人なるが、と云った。無理はするまい、と声にでた。

直淵は次に、小俣新八郎を手招きした。小俣が、近くにきた。直淵は、

「そなた、長十郎の屋敷に赴き、奥の証言を聴取して参れ。同役一人、町与力一人を同伴

せよ」と云い、右手で、すぐ、と命じた。

直淵は、休廷を宣し、左右の二人を誘い御内座に移った。小俣が追ってきて、具体的な指示を仰いだ。直淵は、長十郎の妻室が蕗の盗みについて、長十郎より叱責をうけていたかどうか。第二に、蕗が長十郎に追い回され困っていたというが、妻室の耳に入っているかどうか。第三に、八月十二日、蕗を手討ちにした日の長十郎は、常と異なる様子だったかどうか。以上を聴取し書面に記して参れ、と命じた。小俣が慌しくでていった後、若い書役が入ってきて煎茶を供した。

約半時の間、直淵ら三人は、御内座で本日の審理について話しあった。冬馬は、短期間といえ幸の前夫で、蕗も黒沼も熟知するため、努めて話に加わるのを避けた。直淵、対馬守、二人の心証はほぼ一致した。黒沼が虚言を弄している。采女は迂闊にも、黒沼の奸計にのせられたのである。

冬馬には、ほぼ事情が分っていた。幸は宝暦九年生れで、冬馬より一つ年上である。蕗は幸よりなお一つ上で、幸、采女の姉弟《きょうだい》の従姉に当る。黒沼が、昨年死去した妻木伊予守の妹を娶ったのである。凡庸な伊予守や子女と違って、黒沼父娘は逞しく、世知に長けている。殿様、若様、お嬢様は、父娘の手玉にとられるしかない。

十

小俣らが評定所に帰ってきたのは七ツ半すぎである。直ちに御内座に入り、詳しく復命した。直淵や対馬守は、小俣らに幸を聴取したさいの模様を質問し、証言を記した書面を慎重に読んだ。ここに、黒沼の虚言は裏づけられ、采女をして誣告の罪に誘いこんだことが明らかになった。

直淵ら三人は、溜りの間にいき、閉廷を宣した。続いて評席にいき、白洲に向って閉廷を宣した。白洲は西日で赤く染められていた。

黒沼は身柄を拘束され、仮牢に収監された。逃亡して、判決申し渡しの日に出頭しない虞れがあった。そうなれば、采女の立場がなくなる、と冬馬が注意したのである。

三人は御内座に戻り、直淵が老中松平周防守に提出する仕置き伺いを起案し、周防守の指図をうけて、当月十一日、判決を申し渡すことを申し合せた。伺いは、妻木采女を家政取締不始末により差し控え三箇月に処し、伊東長十郎を侍女手討ちの届《とど》け出《い》で懈怠《けたい》により差し控え一箇月に処し、黒沼右近については評定所において虚言を弄したことにより追放に処する、という内容を以て、起案するのである。直淵は小俣を呼びよせ、伺い書の起案に掛った。

十一

目付は、毎夜、本番、加番の二人が御城の中に宿直《とのい》した。二人は、西の丸を除く、御城の夜間警固の責任者である。目付の定員は十人だから、ふつう、五日に一度本番か加番に当る。加番は二の丸御殿を巡検した後、本丸御殿に入った。夜間目付部屋において、二人して宿直するのである。

九月六日の七ツ半頃、土屋冬馬は、宿直明けの一日を勤めおえ、西日の照る中を番町の屋敷に帰った。長屋門を潜ると、脇の門番所の中に入って小者と話していた様子の、明神下の吉弥が飛びだしてきた。御報告しなければならぬゆえ御庭先に回りたい、と云うのである。

冬馬は、別棟の奥にある居間に入った。山元太郎左衛門、沢口伊織の二人がきて、廊下に控えた。吉弥も、庭先にきた。太郎左衛門が譲って、伊織が、

「矢代兵右衛門様がお越しになりました。申《さる》の間にてお待ちいただいております。どちらにお通し致しましょう」と聞く。

十一

これは大名家の家老の来訪だから、母屋の書院に通すのか、あるいは、別棟の三の間でよいのか、尋ねているのである。申の間は、玄関を入ってすぐの広い座敷である。

兵右衛門には長井宇左衛門と、石丸十太夫なる者が供をしてきた。伊織はそう云うのである。冬馬は聞いて、石丸、知らない、と首を傾げた。冬馬は、

「三の間にしよう。頼母に手が空いたら、三の間にくるよう伝えよ」と命じ、太郎左衛門の用向きを問うた。太郎左衛門は振り返り、庭先の吉弥を見た。

「拙者が申し上げますのは、吉弥の話と関係しておりましょう。吉弥より先にお話するがよい」と云って、体を後ろに退いた。

冬馬は気軽に廊下にでて、太郎左衛門の隣に腰を下した。吉弥は一礼して、

「土屋様、先日尾けてきた奴でございますが、大川に死体が揚りました」

意外な話である。冬馬は、さすがに驚かされた。

「どういうことだ」

「一昨日《おととい》、熊と小梅村にいき、昼頃、奴が大口屋の別宅をでたところを尾けていき、門口より十分離れたと見て、奴を縛りあげました。そこまでは上首尾でございましたが、水戸様下屋敷の辺りで、前方より浪人が三人連れでやってきたのが大口屋の者で、皆んなして

刀を振り回すので危なくって、奴を奪い返されました」と、悔しさに顔を顰めた。

冬馬は、それは運が悪かったな、と慰めた。吉弥はこう云うのである。熊市を見張りに残して、自分は北町奉行所に駆けこんだ。島村征一郎様を探し、事情をよく話して、奴の捕縛をお願いした。島村様は直ちに十数人を集め、自ら率いて小梅村にお出張《でば》りになったが、別宅中探して奴は見つからなかった。

ところが昨日《きのう》朝、吾妻橋の橋桁に死体が引っ掛った。大川に土左衛門が揚った、と小耳に挟み、気になって吉弥が見にいくと、やはり前日惜しくも取り逃した奴である。島村様が詳しく検分されたが、溺死だった。井戸の水か川の水を飲まされたに違いない、という見立てである。

吉弥の長い報告の後、太郎左衛門が続いて、

「昨日冬馬様御出座《おでま》しの直後、島村さんより書状にて、吾妻橋にお出でを願う、といってこられました。拙者すぐ参り、四ツ半頃か、死体を確認して参りました。先日の男に相違ございません。鰹縞の小袖に黒の無地の帯をしめておりました」と報告した。

太郎左衛門が、一見して、刀疵や扼殺の跡はございませんでした、と云う。吉弥がさらに、死体をおいた河原は場所が場所でございますから、浅草寺の参拝者が見物にきて、橋

の上は鈴なりでございました、などと続ける。冬馬はこれは困ったことになった。拐かしの黒幕の探索がこれで壁にぶち当った、と少なからず落胆の思いである。

冬馬は居間に入った。今廊下にいて、伊織の案内で、兵右衛門が三の間に入るのを目にしたから、すぐ着替えに掛った。頃合いを計っていたらしく、西の居間より、萩野がでてきて、これを手伝った。東西の部屋は、居間同士が襖の間仕切りで行き来ができ、次の間と三の間は、どちらも壁で塞がれている。

冬馬は着替え終った。小袖も袴も地味な綿服である。三の間に入った。矢代兵右衛門が平伏した。

「随分待たせたか」

「何の、本日は冬馬様にお会いできますれば、待つくらい」と、遠慮がない。

兵右衛門は、冬馬を正視して、

「過日申し上げましたが、お願いの儀があり罷りでました」と云う。

冬馬は、長井宇左衛門が話した、押し付け養子のことだと思った。私に何をさせようというのか。冬馬が黙っていると、兵右衛門が、

「冬馬様。土浦の御家をお助けくださいませ」と懇願した。

「私に田沼様の用人の申し入れを撤回させよ、と云うのか」

兵右衛門は、先代の志摩守重直と同い年である。剣術が達者で胆力があり、冬馬を幼い頃より知っている。右手をふり、否の表示をした。

「単刀直入に申し上げます。冬馬様、土浦の御家にお入りくださいませ。敦姫様は冬馬様を兄上様のように慕っておられます」と、ぐいっと膝を乗りだした。

冬馬は面食らい、右手を数度ふり、否の表示をした。

「それはできない。私は公儀の目付。他家に養子にいくには、余りに薹《とう》が立っている」

兵右衛門はじっと冬馬を見て、

「何を仰せられる。冬馬様は未《いま》だ御年二十四でございましょう。三十であろうと、四十であろうと、養子に入ります。それ、現に」と、先代重直に言及しかけて、やめた。これは礼を失するだろう。込み入った事情があったのも承知している。

冬馬は、現に、と促した。兵右衛門は、

「八代様が紀州より宗家にお入り遊ばしたのは、三十を少し超えておられた」

「将軍家を引き合いにだすのは突飛なことだ」

兵右衛門は怯まない。論理では負けようが、経験では優っている。

「八代様が将軍職にお就き遊ばした後、紀州の御家には、御分家より、予州西条の御分家より御養子が入られました。確か、八代様より年長でございました」

「さすが博学だな。しかしここで私が土浦の家に入れば、健次郎はどうなる」と、うかと引きずられた。

兵右衛門が声を落し、

「敦姫様は御正室の御子なれど、健次郎様は庶出の御子ゆえ、一万石にて御分家を立てていただいてもよいかと」

冬馬が冷静になった。思わず姿勢を正した。これを見て、兵右衛門が、

「冬馬様も御存じですが、先々代能登守様は奏者番にして寺社奉行を兼ねられ、次は大坂城代かという矢先、お亡くなりになりました。土浦の御家を中興するのが先々代の御夢でございました。さぞ御無念であらせられたか、とお察し申しております」と、土屋一門としての情に訴えた。

「私は元服前、数度お会いした。聡明ながら、蒲柳《ほりゅう》の御方だろうかと感じた」

「左様、幼少期より御丈夫であらせられなかった」

「兵右衛門、そなたの厚意はありがたくうけておこう。しかし私は土浦の家に入る意思は

ない」と、強く云いきった。

　兵右衛門は、思わず顔を曇らせた。この御方の決意はなぜか固く、これだけお願いしても、動かすことが叶わない。冬馬は、

「左京も健次郎も先々代の御血筋で、病弱な体質は致し方ない。私が目付より他に転役になれば、健次郎の後見《うしろみ》をしよう」

　兵右衛門は、御礼の意味で深々と平伏した。暗くなった廊下に人影があり、葭田頼母が障子の裾に腰を落し、只今参じました、と主客双方に挨拶した。

　冬馬が、入れ、と命じた。頼母は座敷に入り、下座に座った。兵右衛門が一揖し、頼母が応じた。兵右衛門が、

「拙者、本日、長井宇左衛門、並びに留守居の石丸十太夫を同道致しました。御無礼して呼んで参りたいと存じます」と云う。

　むろん、頼母が代って、申の間に呼びにいった。このとき、暗い座敷の話が片づいたのを見て、侍女二人が手に一台ずつ燭台をもって現れた。紅赤の矢絣の小袖に梅鼠色の帯をしめた、萩野と八重である。近頃ぐんと大人びた縹緻よしの八重が、冬馬に小声で、急ぎのことが生じました、と耳打ちした。冬馬は一言断って座を立った。

十一

暗い居間に入り、八重を見た。八重は、

「今しがた御門前に妻木采女様お一人でお越しになり、兄上様にお会いしたいと申されているそうでございます。為之丞さんが潜り戸の内外《うちそと》でお相手していますが、取り乱されていて手に負えないとのことでございます。いかが致しましょう」と聞く。

冬馬は、八重の白い顔を見ながら思案した。采女は、今にも改易か切腹か、と狼狽《うろた》えているのだろう。小弥太でなく、思慮のある浦田為之丞が取次にでてよかった。

「為之丞よりこのように伝えさせよ。私は裁判が決着するまで関係者の誰にも会うことができない。そなたは御城に毎日出仕し、帰邸後は慎んでいよと」

八重は、事情は分らないが承知し、為之丞に伝えるべく別棟の廊下を急ぎ、母屋の玄関へ去った。冬馬は暫し居間に佇んでいた。

三の間に独り兵右衛門が残されたのは、僅かな間である。二本の見事な絵蝋燭が座敷を明るく照していた。兵右衛門は、ふと、六代様、七代様に仕えた新井筑後守、号を白石と称した人のことを想起した。この人は元は父とともに、久留里の土屋家に仕えた。父子は主家の内紛に巻きこまれ久留里を追われたが、この人は儒学者として名を高め、甲府宰相の侍講になり、主人の将軍職就任後は側近として中央の政治を指導した。冬馬様も大名になられずとも、お力を発揮しようとお考えか。

幾何《いくばく》もなく、頼母に案内され、長井宇左衛門、石丸十太夫が三の間に入り、兵右衛門の後ろに座った。冬馬も戻り、十太夫が目通りを済せた。菊と萩野がきて、主人と客に茶菓を供した。兵右衛門は、倫の侍女だった菊とは古くより顔見知りで、親しく挨拶を交したのである。

座敷が落ちつくと、まず、十太夫が今回の経緯《いきさつ》を話した。十太夫は八月中頃、神田橋門内にある田沼主殿頭の上屋敷に呼ばれた。用人の中務大膳より、

「土屋様の御家は、能登守様の没後、十六歳の左京様が遺領をつがれ御家に所縁《ゆかり》の相模守に叙任されながら、一年で御逝去になり、十歳の健次郎様が跡目相続されて六年、御病弱の聞えがある。御公儀への御奉公に欠くところがあり、御一統さぞお困りだろう、と拝察する。当家若様、意文様は御年十九歳にして御壮健である。御正統たる敦姫様にお似合いかと愚考する。この件、急ぐ話でないが、手を拱く話でもない。と内々にてお申し入れがございました。調査が行き届き、御辞退するのは至難のことと存じます」と云う。

人当りが柔かい印象の十太夫が、何とも苦しい顔付きである。これより上屋敷は大騒ぎになり、国家老が揃って出府して、連日、兵右衛門らと事態を打開する策を協議した、と

十一

いう。十太夫は兵右衛門の背中に目をやり、御家老が叶うか叶わぬか分らぬが窮余の策がある、と話を纏められたと漏れ聞きましたと云う。兵右衛門は苦しげに、

「最善の策があったが、残念ながら拙者がしくじった」と云う。冬馬が、

「頼母、祖父様《おじい》より承った話を披露せよ」と、下座の頼母を促した。

冬馬は、一昨日出仕するさい、頼母に麻布の下屋敷にいくよう命じ、祖父の学渓に田沼意文養子の件について意見を聞いたのである。九代様、十代様の二代に仕え、公儀の要職を歴任し、旗本の極官《ごっかん》たる留守居に陞った土屋志摩守敬直《たかなお》は、致仕して麻布に隠居した後も、広い交遊を保っていた。

学渓は、頼母より話を聞くや、思わず、

「冬馬が養子に入れば諸事収まろう」と云って、頼母を驚愕させた。土屋家累代の用人としてどう応じてよいか分らなかった。学渓の口元を見ていると、

「七、八年前、能登守篤直が重病に臥せ、元服前の冬馬を養子に望んできたとき、重行が浅慮、すぐ断った。冬馬の利発さ、土浦をつげば大坂城代や京都所司代はおろか、老中になれるものを。何とも勿体ない」と、悔しさを表した。

土浦土屋家の篤直は、安永五年五月、四十五歳で没した。冬馬の父、重直は、旗本木村

和泉守の二男に生まれ、宝暦六年、志摩守敬直の婿養子になり、土屋の家に入って重行の名を重直に改めたのである。敬直の長女、倫は、九年後の明和二年に病没し、二人の間の子は、冬馬ただ一人である。

葭田頼母は、一昨日の学渓の話と、今聞いた兵右衛門の策が、おそらく一つのものだと推測した。しかし噫《おくび》にもださず、

「拙者、麻布に参って、学渓様より御意見を承って参りました。承ったとおりに申し上げます。学渓様は、これは苦にすることなく断ればよい、と仰せでございます。七、八年も前に、下総古河の土井家に対して同様の申し入れがあった。確か大炊頭《おおいのかみ》は所司代で、五十をすぎて男子なく、そこに付け入られた。大炊頭は、権現様以来の当家に新参衆の家より養子など迎えることはできぬ、と断った。土浦の家は病弱ながら当主がおる。今回の話は上手に辞退すればすむ、と仰せでございます」と披露した。

この話を聞いて、兵右衛門ら三人の顔が、ぱっと輝いた。兵右衛門がふりむき、十太夫に尋ねた。

「そなた、土井家の話は聞いてなかったのか」

「迂闊でございました」と、頭を深くさげた。

頼母が、なお続きがございます、と云って、

「主殿頭《とのものかみ》は側室が新旧を合せ十人、子女の数はよく分らぬが、十数人という。嫡男の山城守は御老中の松平周防守の息女が輿入れし、二男の意正は御側用人の水野出羽守の養子に納まった。六男直吉は伊勢菰野《こもの》の土方家に養子に入り、昨年か若くして死去した。七男は何といったか、丹波綾部の九鬼家に養子に入った。水野は沼津で二万五千石、菰野の土方は一万一千石、綾部の九鬼は一万九千石、皆、小さい」

学渓様、さらに仰せられますには、

「土井家の七万石、土屋家の九万五千石を狙ってくるのは、主殿頭側近の者が思い上っておる。予は中務大膳という者は知らぬが、田沼家の家老として睨みを利かしておる、井上寛司《かんじ》も三浦庄司も百姓の出だという。武家でもない者どもが君前に寵《ちょう》を争い、婿入り口を物色し回っているにすぎぬ。狙われた大名家は災難だ。これは、角が立たぬよう辞退するのがよい。このように仰せでございます」と、長い話を締め括った。

兵右衛門が勢いよく、

「冬馬様。拙者ら、明日にも麻布にいき、学渓様に御目通り致し、今般の懇切な御指導につき厚く御礼を申し上げなければなりませぬ」と云う。

冬馬は渋い顔で、

「それは、歳暮の挨拶のときでよい。さしあたりどのようにして辞退するか、工夫するのが肝要ではないか」と云う。

頼母はこれを聞いて、冬馬が用心していると思い、おかしかった。麻布で、冬馬が養子に入れば諸事収まろう、と聞かされた話は冬馬様に伝えていないが、冬馬様は兵右衛門らが学渓様にお会いすることを嫌っておられる。兵右衛門より自分の養子入りの話がでては困る、と用心しておられる。

学渓様は機略縦横である。早く生れ、八代様にお仕えしていれば、大岡越前守を超える活躍ができたろう、と噂された人である。本所松坂町に生れ、ここは旗本が浪人に寝首を掻かれた土地で、験《げん》が悪い。そう云って、無嗣絶家になった交代寄合九千石、番町のこの屋敷に屋敷替えして貰ったのである。

冬馬は、酒の支度をしてある。皆、ゆっくりしていってほしい、と誘った。三人は喜色を浮べた。祝いたい気分である。頼母は思いを払い、菊を探しに座を立った。台所の辺りで、支度を指図しているに違いない。兵右衛門らの連れてきた侍や小者に、湯漬けくらい振る舞わねばならない。

十一

程なく、菊が女中三人を従え、三の間に入ってきた。紅赤の小袖が座敷を俄かに華やかなものにした。八重や萩野も同じ女中ながら、二人は素性正しい武家の出で、菊は、縁談に耳を貸さない冬馬はいずれどちらかを妻室にするしかない、と前々より心積りし、妻室含みの侍女として、二人を酒食の場に侍らせなかった。

女中の手により、主客、および相伴の頼母の前に膳が並べられた。膳の上には、甘鯛の焼き物、川鱚の天麩羅、蛸の酢の物、蜆の佃煮、焼き茄子の味噌汁がのせられた。甘鯛や川鱚は旬の物で、御馳走である。しかも料理と一緒にだされた酒が、名酒の誉れ高い天野酒である。

宇左衛門が猪口《ちょく》を口に運び、これは旨い、と褒めた。十太夫も同じく、これは旨い、と嘆賞した。宇左衛門は、十太夫と顔を見合せ、

「志摩守様、天野酒でございましょうか」と、首を傾げた。冬馬が、

「天野酒だよ」と、涼しい顔で返事した。

天野酒は僧坊酒中、随一の名酒である。応仁文明以降、河州の金剛寺、山号を天野山という寺院の僧坊でずっと醸造されてきた。宇左衛門が、

「でございますが、天野酒は少し前に醸造停止になったのではありませんか」

「表向き停止になったが、内実は金剛寺近辺で今なお醸造されているという」

「左様でございますか。これは名酒でございます」

「頼母が天野酒に惚れこみ、どなたにも飲んでいただいている」

頼母にお鉢が回ってきた。頼母は、

「諸白《もろはく》の上酒は伊丹の極上酒で一升三百文も致します。これを考えますと、四百文の天野酒がずっと得でございます」と云う。

「妙な理屈だ」と、冬馬がまぜっ返した。頼母は、

「当家は数寄屋河岸の河内屋より大量に購入しております。台所には常に一斗樽が二十は転がっておりましょう。夜通し飲んでいただいても、なくなりますまい」と云う。

これを聞いて、酔いの回った主客の楽しげな声が上った。兵右衛門は、旗本五千二百石の土屋家は、参勤交代に伴う出費に無縁であり、伊勢菰野の一万一千石や丹波綾部の一万九千石の大名家より、遥かに富裕なのだと思い知らされた。この事情も絡み、冬馬は土浦の御家に入るのを諾《うべな》わないのか。兵右衛門一人、寂しい思いに襲われた。

十二

　九月十二日の七ツ頃、土屋冬馬は、加番として宿直明けの一日を勤めおえ、番町の屋敷に帰った。加番も順繰りに勤めるが、冬馬が十日夜に御城に宿直し、そのまま十一日早朝に評定所にいくことは、先例がなかった。目付部屋の坊主は冬馬の御役を考慮し、役当りの原案を作るさい、冬馬の十日加番を一日後ろにずらしたのである。

　九月十一日は、江戸中がすっぽり風雨の中におちた。この日は老中出座の式日に当っていた。老中は、重要公事を障子内で蔭聴《かげぎ》きし、これを処理してすぐ登城し、通常の政務を覧る。老中の日程に合せるため、留役や書役ら関係の者は暗いうち、七ツに評定所に出仕するのである。

　この日六ツ、三奉行がでてきたとき、どの部屋も燭台の光に照されていた。続いて老中の松平周防守が現れた。老中はじめ、三奉行、大小目付は、屏風の間と次の間の間仕切りの襖を外した広い座敷に会した。二つの座敷は西側にあり、三の間は北側にある。すぐに膳がでた。膳には、結び、塩鮭、香の物を包んだ竹の皮と、浅蜊《あさり》汁がのせられた。

朝食がすむと、裁判が開始された。最初に、妻木采女の告発一件について判決申し渡しがあった。白洲の小砂利にふる雨脚が白く見え始めた。評席上縁の左右に妻木采女、伊東長十郎が平伏し、下縁に黒沼右近が平伏した。掛奉行直淵甲斐守が、松平対馬守と冬馬を従え、評席にでてきた。三人は奉行席に着座した。

このとき真ん中に座った松平対馬守が、妻木を差し控え三箇月、伊東を同じく一箇月に処し、黒沼を追放に処する、と張りのある声で申し渡した。妻木と伊東は、どちらも身柄を同道した旗本に引き渡し、黒沼は、直ちに網駕籠にのせ、同心四人が厳重に固めて護送した。風雨の激しい五ツ頃、高輪の大木戸より東海道を西へと放逐した。

九月十二日は、前日の風雨の寒さと異なり、曇り空ながら、午前より俄かに気温が上昇した。七ツ頃、冬馬が屋敷に帰ると、玄関に用人の森酉之祐、老女の菊、山元太郎左衛門の三人が出迎えた。酉之祐が代表して挨拶し、

「冬馬様。木村様、葭田さんの二人は、昼頃麻布の学渓様より御呼び出しがあり、木村様はいそいそと、葭田さんは億劫そうに、九ツ半すぎ二人して向いました。おそらく帰りは夜に掛りましょう」と云う。冬馬も皆も微笑んだ。儀右衛門と頼母のことである。

冬馬は、

「二人を麻布に呼んで、何を仰せになるのだろう」と、つい言葉にでた。

気にしても詮なく、別棟へ歩を運んだ。菊と太郎左衛門が後を追った。九月半ばながら暑い日になり、居間、次の間、三の間の廊下側の障子は、すべて開け放してある。萩野がきて、冬馬の着替えを手伝った。終ると、八重さんがお茶をおもちします、と云い、座敷をでていった。

菊と太郎左衛門は、常になく座敷に入ってきて、廊下側に並んだ。

「どうかしたのか」

「冬馬様に御報告がございます。その上で、明日どのように致すか、御判断いただかないとなりません」と、菊が真剣な顔付きで云う。冬馬は不審な顔になった。

「実は、本日四ツ、日本橋室町の木曽屋の御内儀がお越しになりました」

冬馬は、妻女の品のよい顔と、武家には見ない、青い小紋の小袖にかけられた黒繻子の半襟を思い出した。弥生の怪我が治る時期である。妻女は娘の怪我が治ったと報告にきたのか、あるいは、本人が治ったと報告にこようというのか。菊が話し始めた。

「私は初め辰の間にてお話をお聞きしました。御内儀の賢さや誠実さにふれるうち、長くお話したいと存じ、西の三の間にて一時《いっとき》ばかり話しこみました。あれだけの御人《おひと》は、武家の中にも少なかろうと存じます。御内儀は、娘が明日にも当家を訪問し、土屋様に怪我の恢復を御報告したい、と申し入れられました」

弥生がくる。冬馬は嬉しくなった。

「それで、何か問題があるのか」

「御内儀が申されますには、娘を他出させ又ぞろ浪人に襲われましたら、土屋様より強くお叱りをうけようかと懸念されます。それを仰います」

なるほど、拐かし未遂事件は、解決していない。

「私は太郎左衛門様と相談し、明日は当家より御駕籠を二挺、室町の木曽屋へ御回ししてはどうかと考えました」

「御許しがでましたら、拙者、何人か引きつれ木曽屋へ参りたいと存じます」

矢絣の小袖の八重が西の居間よりきて、冬馬の前に静かに茶をおいた。冬馬は八重の顔を斜め上より覗くことになった。八重は綺麗になった、と思う。

「二人とも何を考えている。家紋のついた駕籠を室町に回すなど、できない話だ。万が一の場合、痩せ浪人を残らず斬り捨てなければ、当家の家名に疵がつこう」

菊も太郎左衛門も、驚いた表情をした。木曽屋のお嬢様を手厚く迎えることは、冬馬様の御心に適うはず、という思いがあった。

「拙者が、そうですな、為之丞や周一郎を引きつれ、万全の備えを致します」

浦田為之丞も桑野周一郎も中小姓で、剣術ができる。

「よそう。仰々しく駕籠を回すのは、よそう。大勢して室町まで町娘の警固に使われる者は面白くあるまい。木曽屋に反感をもっても困る」

二人は龍頭蛇尾の体で、どうしようかと迷っていた。冬馬は、

「太郎左。そなた明日、為之丞や周一郎と木曽屋へいき、親娘《おやこ》の駕籠の前後をそれとなく警固してくれ」

太郎左衛門は頷いて、承知の意思を表した。冬馬は、

「菊。妻女はここに駕籠できたのか」

「確か、宝泉寺でございました」

宝泉寺駕籠は、町駕籠のうち最上のものである。明日は、吉弥が下っ引きと、室町より番町まで、抜かりなくやってくるだろう。その間は多くは武家地である。太郎左に為之丞や周一郎がいけば、何事も起るまい。往路より危ないのは日が暮れる復路である。又ぞろ襲われることはなかろうが、自分が駕籠に付き添っていってもよい。

太郎左衛門が一揖して、座敷をでていった。菊は、なお話すことが種々あった。

「御内儀は志津様。藤木屋のお出でいらっしゃる」

尾張町の藤木屋は、駿河町の越後屋に並ぶ呉服商である。志津は藤木屋の長女で、二十年近く前、材木商の木曽屋藤左衛門に嫁した。

「お召し物は、白絹の下襲《したがさね》に浅葱《あさぎ》色の確か絽の表着でございました。帯は太く深緑の綸子《りんず》でございましたろうか。いずれも、高価な品々でございました」

冬馬は右手を数度ふった。そのような話は分らない。菊が気づき、

「志津様の偉いのは、いずれ婿養子をとるにせよ、木曽屋の跡をつぐ弥生様のため、自ら読み書きを教え、十二歳以降、和算の先生を招き、書道や古典の先生を招き、親娘一緒に聴講し練習されていることでございます。華道、茶道や、音曲は、私が嫌いなせいか娘も好きになれなく、上達しませんと笑っておいででした。来春には先生を招き、材木のことを一通り学ばせようと思っている、というお話でした」と、話を転じた。しかし云いたりない気がする。実は菊も太郎左衛門も、御挨拶として高価な反物を贈られた。二人は辞退したが、受領してしまった。

九月十三日、好晴の日である。七ツ頃、冬馬は、御城より番町の屋敷に帰った。玄関に

十二

は、木村儀右衛門、葭田頼母、森西之祐が迎えた。木曽屋の親娘が既に来訪され、三の間にてお待ちである、菊殿がお相手している、と頼母が云う。冬馬は頷いて、母屋より別棟へいった。

別棟の廊下で、急に甘い香りを感じた。化粧の香りか衣装の香りかと思いながら、常と逆に西側の廊下より自分の居間に入った。西の居間で待っていた八重と萩野が驚いた顔をして、一緒に東の居間に入った。二人とも興奮して、色白の顔に血がさしている。冬馬の着替えを手伝いながら、八重が、

「木曽屋のお嬢様、何とお美しいのでしょう」と云う。萩野も、

「あのようにお綺麗な御方、私は初めて拝見しました」と云う。

冬馬は、三の間に入り床の間を背に座った。親娘が平伏した。目に入ったのは、弥生の振袖の華やかさである。鮮かな紅緋《べにひ》色の地に白、青、緑、桃色の大小無数の花々が襟より裾へ雪崩をうっている。志津の留袖は、落ちついた桔梗色の地に白、緑、黄、朱の小振りのこれも無数の花々が幾つか円状になって並んでいる。

「よくお出でになった。お楽に」と、冬馬が声をかけると、弥生が顔をあげ、冬馬を正視して、にっこり笑った。

菊は、さっき弥生を見たときよりその美貌に兜をぬいだ。今、冬馬に笑いかけた弥生の美しさは、他に類がないだろう。

志津が顔をあげ、弥生の怪我が治癒した旨を報告するとともに、これまでの冬馬の尽力に、改めて御礼の言葉を述べた。

「大事に至らず幸いだった」と、冬馬は祝いを述べた。弥生を目の前にして、冬馬も平常の沈着さを失った。弥生が、

「冬馬様が下さった朱欒《ざぼん》、とてもおいしゅうございました」と云う。

「あの御品はこの子が独り占めし、私ども少しお相伴に預りました」

八重、萩野が入ってきて、主客に茶菓を供した。親娘が月形の茶や、麹町の京菓子屋の菓子を口に運ぶと、話が続かなくなった。弥生が顔を正面にむけて、

「冬馬様。あたし剣術を習いたいのです」と云う。志津はじめ、皆が驚かされた。

「入門する道場を、冬馬様、御存じありませんか」と聞く。冬馬は、

「町娘、武家娘を問わず、道場はないだろう。そなたが気軽に戸外にでるのは、よいことか悪いことか」と苦言を呈した。弥生は、俯いて考える様子である。すぐ顔をあげて、

「出稽古にきてくださる先生が、どなたかおられませんか」

「さぁ、突然の話で見当がつかない。八丁堀の島村さんに聞いてみましょう。しかし期待しないでください」としか、冬馬は答えられなかった。

弥生は、悪戯っぽい微笑を頬に浮べた。

「冬馬様が出稽古に室町までお越しください」

志津は、御無礼なことを申し上げてはなりません、ときつく叱り、御容赦くださいますようお願い申し上げます、と詫びた。弥生は、さすがに目を落とした。冬馬は、鳩が豆鉄砲で、これも目を落して考えている風情である。頭をあげて、

「分りました。少しやってみましょうか。剣術の型くらい教えられると思う。ただ、頻繁にはいけない。十日に一度か、半月に一度か」と、はっきり答えた。

志津は、娘の書道用紙に、とうまさま、つちやさま、と落書きがあるのを見つけ、娘は初恋におちている、と承知していた。この余りに無理な話、土屋様にはっきり断られれば熱がさめようか、と思いを巡らせたとき、土屋様があっさり引きうけられた。志津は、娘の嬉しそうな顔を見ると、これは行《ゆ》くところまで行《ゆ》くしかない、と思う。

「この話は秘してください。木曽屋では御主人一人、当家では用人と太郎左まで。他の者には知られないよう秘してください」

菊も志津も承知した。菊はこの場の二人を観察していて、遠からずこのお嬢様が冬馬様に御輿入れになろうと想像した。事なく運ぶよう努めなければならない。

八重と萩野が我慢できず、梨を切って主人と客にもってきた。八重が、

「水菓子でございます」と親娘に勧めた。萩野はじっと弥生を見ている。

萩野は子供だな、と思い、冬馬が、

「これも月形の梨です。今年は甘みが薄いのです」と云う。

弥生はすぐ皿の上の長い楊枝を手にとった。一切れ口にいれ、

「冬馬様。甘うございます」と頬笑んだ。

小半時して、親娘が辞去することになった。菊が座敷をでていき、代って頼母と酉之祐が挨拶にきた。

親娘が内玄関をでて、東門の中においた宝泉寺駕籠にのるまでの間、屋敷中の女が一目見ようと、母屋や台所よりでてきた。八重、萩野ら奥向きの女中が十数人、下働きの女中が二十数人、老若取り交ぜ、いわば小さな騒ぎである。武士は見物を控えた。柴田小弥太や沢口伊織らが東門にいき、菊は東門の外にでて、親娘を見送った。

吉弥や下っ引きが親娘の駕籠を先導し、太郎左衛門、為之丞、周一郎が少し離れてこれ

を警固するのは、往路と同じである。しかし復路は冬馬が、短槍を小脇に抱える皆川修輔をつれ最後尾を歩いた。修輔は知行所詰めの武士で、江戸には珍しい淡路流の槍の名手である。

修輔は年齢三十、知行所詰めの中では最年少である。中肉中背、個性的ではないが、槍をもたせると俊敏にして果敢である。昨夕、武州月形よりでてきた。冬馬が聞くと、月形の今年の稲穂は、余り実が入っていない。平年の四割の収穫があれば、よしとしなければならない。野菜や果樹は全滅に近いし、茶もいけない、と云う。

修輔が小者に運ばせた物の中に、一籠の梨があった。昨夜、頼母、酉之祐、修輔と四人が話しこんだとき、辛うじて実がなった梨を味見した。冬馬が、

「今年の物成徴収は断念しよう。しかし来年は来年で分らない。当家は果して何年くらい持ち堪えることができよう」と頼母に聞いた。頼母は、酉之祐と顔を見合せ、

「五年くらいでございます。六年目以降は何か処分するなりして、金子を工面しなければなりますまい」と、深刻な顔付きである。

冬馬は昨夜の話を反芻しながら、前をいく二挺の宝泉寺を追った。神田今川橋を渡ったとき秋の日は暮れ、日本橋の大通りは黒々とした影に覆われてきた。宝泉寺が室町の木曽

屋の店先についた。店の中は、多くの行灯で照されていた。店の前に藤左衛門が出迎えていた。

冬馬は、家士をつれ屋敷に帰る積りだったが、少しといって、引き止められた。この日朝、菊より志津に書状が届いた。宝泉寺でお出でいただきたい。八ツ頃、当家より警固の者を向わせる。帰りは、冬馬様自ら警固に当られよう、というのである。志津は、これを披見してすぐ、深川洲崎《すさき》の升屋に手代をやり、昼には板前二人を借りてきた。

太郎左衛門、為之丞、周一郎、修輔は、商いにも使う、大きな客間に通された。冬馬も何気なく入ろうとした。藤左衛門が、土屋様はこちらにと、奥の客間に通された。冬馬の前に、振袖姿の弥生が座り、目元、口元に笑みを絶さない。ここも早くより配膳が終っていた。

升屋の力か、二つの膳に種々の珍しい料理がのせられていた。中でも、西国より届いたらしい松茸の甘煮《うまに》や、松茸の吸い物が絶品である。藤左衛門夫妻は、冬馬の盃に酌をした後、私どもは御家来衆のお相手に参ります、と云って客間をでていった。後は若い女中が給仕した。

冬馬は仕方なく、どの皿も椀も残らず食べる積りで箸を動かし続けた。弥生は、じっと見ている。そなたは食べないのか、と聞くと、後で食べます、という返事である。

十三

六ツ半。すっかり暮れていた。冬馬ら主従は、木曽屋を後にした。店先に吉弥が挨拶にきて、土屋様お気づきでございましたか、と聞くのである。

「何のことだろう」

「いつもの伝で、あっしは、駕籠の前後をちょろちょろ致しました。帰りは確かに二人に尾けられておりました」と云う。傍らより修輔が、

「拙者は気づいた。御屋敷をでてすぐ、二人が尾けてきた」と云う。冬馬は、

「どういうことだろう」と、吉弥に質問した。

「行きは何もありませんでした。狙いはお嬢様でなく、土屋様でございます」と云うのである。

「分った。気をつけて帰る」と云って、日本橋を後にした。

吉弥と修輔が気づいている以上、自分が尾けられたのだろう。冬馬は、誰がそのような酔狂なことをするか考えてみた。目付は他人に敬遠される職掌ながら、御城で他人と諍《いさか》い

をした記憶はない。ならば案外、長十郎と采女の詮議かもしれない。長十郎は微罪にしか問われず、奉行らを恨むはずはない。采女は本来は重いと改易、軽くとも御役御免は必定のところを、微罪扱いですんだ。冬馬は、評定所御内座における議論を想起した。掛奉行の直淵甲斐守が、大目付の松平対馬守に、

「采女は本来は改易なれど、このようなことで名家を潰せますまい」

「ならば御役御免にて、後は本人次第としますか」

「采女は御役御免になれば、次に御役は回ってきますまい」

「ならばあの者は、五千石の知行を抱いて生涯昼寝を決めこむのであろうか」

直淵は、まずそんなところでございます、と答えた。この遣り取りがあり、采女は九死に一生をえた。対馬守の家禄は一千石である。

冬馬は、仮に血迷っても、采女が自分に刃をむけることはあるまいと思う。黒沼右近は追放され、自分に刃をむけられまい。あのときすぐ仮牢にいれたが、野放しにしておいた場合、妻木家の金子という金子はごっそりあの者がもって逃げたに違いない。黒沼の追放生活は、金子がないため、極端に厳しいものになろう。

太郎左衛門ら家士は、思いがけず味の濃い豪華な料理を堪能し、酒も振る舞われ、よい

気分になっていた。ただ、尾行者がいる、という話を聞き、気持ちを引きしめた。

五ツに、冬馬らは番町の屋敷に帰った。四人が皆、確かに尾行者がついてきていた、と云うのである。誰が尾けているにせよ、用心するしかない。

居間は、燭台が明るく照していた。菊が、話ありげに茶をもってきた。木曽屋のお嬢様は大層お綺麗な御方でございました、と云う。

「私もそう思っている」と同意するしかない。廊下に人の気配がして、夜分でございますが、と頼母の声である。

「どうかしたのか」と、冬馬が体を廊下にむけた。頼母が座敷に入ってきて、

「七ツ半でございます。駿河台下より石丸十太夫殿がお越し、矢代様のこの書状をお届けになりました。口頭にて、明朝、矢代様は冬馬様に是非御目通り致したい、ということでございました」

「何だろうか」

「健次郎様の御元服につき、志摩守様の御尽力を賜りたいそうでございます」

菊は冬馬に云いたいこと聞きたいことがあった。諦めて、一揖してでていった。

「兵右衛門がくること、確かに承知した」

「実は昨夜冬馬様に申し上げるべきところ、皆川修輔がでて参り、月形の田畑という田畑が残らず不作だと報告しましたため、この儀そのままになりました」

「何のことか」

「学渓様より、冬馬に必ず伝えよ、と御伝言ございました」

冬馬は、学渓が何を話して聞かせたのか、気にはなっていた。頼母が、学渓様は冬馬も承知しているはずだが、と仰り、

「本年の飢饉は、関八州のみならず、陸奥や出羽、さらには西国に大きな広がりをみせている。深刻な冷害に浅間山の爆発が止《とど》めをさした。大量の降灰《こうはい》は日照を遮り、雨は降灰の雨になって田畑に蓄積した。さらに、関八州の河川はすべて、降灰のため河床を浅くしている。今、大雨がふればどの河川も一溜りもあるまい。他聞を憚るが、津軽家や南部家は既に餓死者が数万人に上っている、という話が予の耳に入った。これより各地で百姓一揆が多発しよう。江戸や大坂では打ち毀しがおきている」と伝え、息を整えた。

冬馬は、およそのことは承知している。既に餓死者が数万人というのは、今初めて耳にした、と頼母に云った。頼母が、

「学渓様仰せには、冬馬にこれは必ず伝えよ。これより殿中の動き、特に御用部屋の動き

より目を離すなと。百姓の一揆も町人の打ち毀しも、馬鹿にならぬ。何かの一撃で、田沼主殿頭であれ、松平周防守であれ、首が飛ぶ。老中や若年寄の誰かと、決して親しい関係を結んではならぬ」と、学渓の伝言を続けた。

冬馬は、これを聞いて首を捻った。日頃御城にいても、御用部屋の動きが何を意味するか私には分らない。祖父様《おじい》は私に、余りに高度なことを求められている。

冬馬は、祖父様は御自分なら果せようが、他の者には無理なことを仰せだ、と云うしかなかった。頼母は、左様でございますかと云って、冬馬を見た。

九月十四日の朝、冬馬が登城の支度をしているとき、矢代兵右衛門が長井宇左衛門を供に屋敷にきた。三の間に通した。

冬馬は、麻裃に脇差をさし、二人に会った。兵右衛門が挨拶を始めた。

「挨拶はよい。昨日の書状にて、およそのことは承知した」

兵右衛門が、

「左京様の御元服は、安永五年七月、御家督相続後すぐ内々に行いましたゆえ、何ら問題がございませんでした。しかし今回健次郎様の御元服は、仕度に掛りましたところ、若干支障を来しております」と、表情を曇らせた。

冬馬は、

「書状には、当月二十四日七ツより上屋敷にて行う、と記している。坦々と行えばよいではないか」と、不思議そうに聞いた。

「今回は内々に行わず、当日御親戚の大名家、旗本家にお越しをお願いしたいと存じますし、剃刀親も国家老でなく、御親戚の御方に務めていただきたいと存じます」

冬馬が、同意して頷いた。兵右衛門は、

「土屋家は、昔、天目山麓まで従った甲州武田の遺臣でございます。そのため、御親戚の広がりが狭く、大名家は今は土浦一家しかありませぬ。旗本家は数家ありましても、率直に申し上げて、御当家一家を除き、代々無役の御家ばかりでございます。これという御家はありませせぬ」と、はっきり云い放った。

冬馬は、咎めもせず、

「土浦代々の当主の奥方は皆、大名家の息女であろうし、当主の息女方もそれぞれ大名家に縁付かれてきたと思うが」と質問した。兵右衛門は、

「冬馬様。これは内々の話でございます」と声を落とし、

「御老中就任の御二方の後、代々御当主は御側室の御子様でございます。御側室が当家の

家臣の娘でございますゆえ、奥方様の御実家とは自ずと疎遠になります」

「そういうものか」

「三代但馬守陳直《のぶなお》様に御息女はなく、四代能登守篤直様には敦姫様が御一人。五代左京様は十七で急逝され、六代健次郎様は未《いま》だに御病弱でございます」

冬馬は、

「そなたのことだ。相馬家には、いってきたであろう」と、先回って聞いた。

相馬家は、能登守の奥方の実家である。陸奥中村で六万石である。

「それが支障でございます。拙者、相馬様に参りましたが、因幡守様は今、国元には餓死者が続出しておる。健次郎の元服はめでたいが、予は今それどころではない。嫡男吉次郎をして代理させる。承知せよ、との仰せでございます」と云う。兵右衛門は、

「吉次郎様にお会いしましたが、御年十九にして剃刀親は務まりませぬ」と云う。

冬馬は、記憶を整理して、

「しかし吉次郎は数年前に讃岐守に叙任されていよう。務まらぬか」

兵右衛門は、強く不快の念を表し、

「吉次郎様の叙任は、参州矢矧《やはぎ》橋の架け替えなど、相馬家が近年御公儀より繰り返し土木

工事を命じられた褒賞でございましょう。御参列をお願いしましたら、吉次郎様は、謝金は幾らか、と問われました。拙者は驚き、かような御家との御交誼はよした方が無難かと判断しました」と返答した。

冬馬が、

「相馬家としては、敦姫の婿養子の元服ならいくが、側室腹の健次郎の元服に招かれるのがそもそも迷惑だ。というのだろう」

御意、と兵右衛門が云う。冬馬は、

「分った。ならば当日私が剃刀親を務めよう」と提案した。

ありがとう存じます。

兵右衛門と下座の宇左衛門が、同時に挨拶した。冬馬が、兵右衛門、相馬家にも案内をだしておけばよいと云うと、兵右衛門は宇左衛門を振り返り、顔を見合せた。

「冬馬様。仰せでございますが、これより検討して決したいと存じます」

「云いすぎた。他家のすることなれば、私は口をだすまい」

二人が恐縮しきって、同時に平伏した。

九月二十四日、朝の雨が上り、昼頃より晴れてきた。冬馬は、八ツ半御城をでて、神田

橋門外の町家で、供の者を屋敷に帰した。冬馬はこのとき、供頭《ともがしら》を務める、御側向き御用の柴田主水に、

「本日は儀右衛門、頼母ら揃って土浦に参列している。そなた屋敷に帰って、大小となく目を配れ」と注意した。

畏まりました、と主水が承知した。

町家には浦田為之丞、桑野周一郎、皆川修輔を呼んであった。元服の儀が長引いた場合は、帰り道、警固が必要である。冬馬は三人をつれ、駿河台下の土屋家に向った。

神田橋門より武家地の間を北にいくと、すぐ駿河台の麓についた。正面が山城淀の十万二千石、稲葉丹後守の上屋敷で、左隣が常州土浦の九万五千石、めざす土屋家の上屋敷である。大名家の上屋敷の規模はほぼ石高に見合い、十万石より十五万石くらいは七千坪である。土屋家も稲葉家も約七千坪あった。

冬馬は、開け放した表門を入った。門より母屋の両側にそって、家紋入りの紅白の幔幕が張ってある。三つ石畳の幔幕と九曜の幔幕が交互にある。土浦土屋家の家紋は三つ石畳ながら、先々代の頃より、替え紋たる九曜を多用してきた。玄関より兵右衛門、宇左衛門が飛びだしてきて、冬馬を鄭重に迎えた。

広い式台には、国家老が左右に二人ずつ並んで平伏していた。冬馬は、兵右衛門に刀を預け、導かれるままに奥の客間に通った。同族の旗本二家の当主がどちらも下座に座っていた。冬馬が敷居の際に座ろうとすると、兵右衛門が上座に導いた。互いに一揖して挨拶を交した。国家老四人が冬馬の前に平伏し、順に名乗った。

冬馬は、四人の挨拶がすむと腰をあげ、さて、健次郎に挨拶してこようと、兵右衛門に案内を求めた。兵右衛門に案内され、冬馬は奥の座敷に通った。

冬馬は、土屋家の当主に、

「健次郎君《ぎみ》、本日は御元気そうに見える。祝着、祝着」と挨拶した。

麻裃を着用し脇差をおびた健次郎が、辞を低くして、

「志摩守様、本日はよろしくお願い致します」と挨拶した。

七ツになり、皆、大広間に集った。大広間は、上段の間が十二畳、下段の間が三十六畳ある。上段の間の床の間近くに、健次郎が座った。床の間の下に島台があり、第一の島台に三重の盃、第二の島台に伊勢海老、第三の島台に蒲鉾、第四の島台に慈姑《くわい》がのせられている。島台にはそれぞれ、松竹梅や鶴亀の縁起物がそえられた。

健次郎と離れて、先々代の奥方、息女たる敦姫、健次郎の母たる先々代の側室、健次郎

の弟が並んだ。冬馬は、健次郎の後ろに回り、小姓より剃刀を受けとると、健次郎の頭髪を少し剃った。健次郎は、柳の板を以てこれをうけた。その後、小姓らが、健次郎の頭髪を剃りあげた。続いて、健次郎は、大中小の盃の酒を、一度ずつ口に含んだ。

　下段の間には国家老はじめ大勢の家臣が、皆、麻裃姿で、この儀式を見守った。冬馬の家士も羽織袴で下段の間に参列した。

　冬馬が、大広間の隅々まで届く大きな声で、

「これにて健次郎君の元服の儀、滞りなく終った。めでたい限りである。ここに御祝いを申し上げる」と宣した。

　国家老筆頭の土屋靭負《ゆきえ》が下段の間より、

「志摩守様、こちらへ」と云う。冬馬が上段の間の端にいき、身を屈めると、感極まったらしく靭負は、冬馬の両手をとり押し戴いた。

　後は、大広間における酒宴である。矢絣の小袖の奥女中が次々にでてきて、家臣の前に料理をのせた膳をおいて回った。

　靭負は自分の膳を冬馬の隣にもってこさせ、冬馬の側を離れなかった。冬馬は、土浦の本年の田畑の様子を尋ねた。靭負は、いけませぬ、と大きく首をふった。

「志摩守様、本日はめでたい席でございます。どうぞ召し上れ」と、奥女中のもつ銚子を手にとり、冬馬の盃に酒をなみなみと注いだ。

十四

九月二十六日七ツ半、土屋冬馬は、本番として宿直明けの一日を勤めおえ、番町の屋敷に帰った。玄関に迎えた葭田頼母が、

「冬馬様。土浦の方々が御礼言上に来訪され、半時ほどお待ちでございます」と云う。

冬馬は、居間に入り、八重が手伝って着替えた。小袖、袴に脇差をさし、母屋の書院に入ると、筆頭の土屋靫負はじめ、土屋家の国家老が羽織袴で待っていた。家老の儀右衛門と酉之祐が、相手を務めていた。

冬馬は、床の間を背に座った。国家老四人と、下座の長井宇左衛門が平伏した。

「随分待たせたようだ。楽にしてほしい」と、声をかけた。

靫負が笑みを浮べて、一昨日の剃刀役の御礼を述べ、健次郎様はじめ、土屋家の家族にそれぞれ御祝いを頂戴したことにも御礼を述べた。

「志摩守様、拙者存じませんでした。あの日酒が旨いと思いましたら、宇左衛門が申すには、御屋敷より天野酒を二十樽も、御祝いとしていただいておりました。拙者、迂闊にも

存じませんでした」と云う。冬馬が宇左衛門に目をやると、宇左衛門は平伏した。頼母を見た。頼母は知らんぷりである。冬馬は、

「武士は相身互い。当家が土浦の世話になることもあろう」と、軽く云った。靫負が、

「拙者は七十にて、今回二度江戸表に参るのが、やっとのことでございます。御元服にておそらく当家は危機を脱しましたが、志摩守様におかせられては、どうぞこれより後ろ見をお願い申し上げます」と云い、肉薄の上体をおって平伏した。

九月二十七日八ツ半、冬馬は、大手門より下城した。神田橋門外の町家で、衣服を羽織袴に着替え、供の者を屋敷へ帰した。待たせていたのは浦田為之丞、桑野周一郎の二人である。弥生と約束しながら、今日初めて日本橋室町の木曽屋にいくのである。朝に菊より書状をださせておいた。本日いくが、裏口か横の木戸より入れるようにしておいてほしいこと、仮に遅くなっても茶漬けのほか無用であることを知らせておいた。冬馬は、為之丞に木刀二本をいれた包みをもたせていた。

下城が早かったので、七ツの鐘を聞かない、明るいうちに木曽屋についた。横手に回ると、遠くの木戸が半開きである。冬馬が木戸を入ると、目の前に志津が待っていて、鄭重に頭をさげた。今日は藍の小袖に黒の半襟はかけられていない。志津に案内され、冬馬は

奥の客間に、供の者は近くの座敷に通された。

弥生が客間に入ってきた。島田の髷《まげ》を解き後ろで束ねた若衆髷である。優美な町娘の顔が一転して、明るく凛々《りり》しい若侍の顔に変化《へんげ》していた。娘が悪戯っぽく、

「冬馬様。いかがでしょう」と云う。冬馬は、

「驚いた」と、率直な感想を述べた。

弥生の小袖は、細かい花柄で、稽古着を模した厚手の木綿である。袴は、紺地の唐桟《とうざん》である。冬馬の来訪が延引し、新調していたのが間にあった。

志津が、庭を使っていただこうと存じましたが、この子がこちらを使うと申します、と説明しながら、二つの蔵の奥に案内した。蔵と物置が目隠しとなり、店よりも住居よりも遮断された一角である。持仏堂のある南東の隅で、十坪程度か、一面に低い雑草が茂っている。

冬馬は木刀を弥生に渡し、最初に木刀の握り方を覚えさせ、続いて木刀の構え方を説明した。これは上段、中段、下段の構えを一々やらせた。

「中段は、刀の先を相手の眼にむけて構える。これが相手の動きを読み、急な動きに対応する最良の構えで、正眼の構えとも云います」

弥生が木刀を正眼に構えると、五尺二寸のやや大柄で姿勢がよいため、形だけは強そうに見える。冬馬は安堵した。

木刀をふらせた。

「私を不逞の者と思い、思いきり斬りこんでください」

弥生が、勢いよく斬りこんできた。冬馬が身を躱すと、再度やはり勢いよく斬りこんできた。二度目は、木刀を二度ふった。冬馬は木刀で弥生の動きを制して、

「私の学んだ流派は直心影流と云います。昔の直心流と根元は一つです。直心流においては、直心を以て非心を断つ。要は誠の一字にあり、というのが大切です」

弥生が、難しいお話です、と云う。

「非道な攻撃に晒されたさい、正しい心を以て邪の心を退ける、という意味です。一打ちごとに刀ならば非心を断てたか振り返ります。二度、三度、木刀をふるのでなく、一度で十分なのです。この話は折にふれて話しましょう」

冬馬は、弥生に木刀の素振りをさせた。繰り返しさせるうち、弥生の白い顔にうっすら赤みがさした。

冬馬は、今度は自分が軽く斬りこんで、弥生がそれを躱す練習をした。手加減している

が、木刀を躱すのは大変そうである。弥生の息が大きく弾んだ。

「今日はこれまでにしましょう」と、練習を終了した。

弥生は、健康な笑顔を見せた。きらりと、皓歯が輝いた。

冬馬は、弥生に十日以内に再訪することを約束した。為之丞、周一郎の待つ座敷にいくと、すぐ茶漬けの膳が運ばれた。奈良漬け、京菜漬けがそえられていた。

志津と女中が給仕し、三人は腹を一杯にして木曽屋を辞した。木戸よりでたので、誰にも見られなかった。この夜、木曽屋の当番が熊市と為八だったため、吉弥のように目配りできなかったのである。三人は、暗い中、日本橋の大通りを歩いていて、ごく近くで暮れ六ツの鐘を聞いた。冬馬の心は、明るく満されていた。

十五

十月に入ると、陸奥、出羽、および関八州の飢饉がより深刻になった。中でも、極端な冷害に見舞われた陸奥や出羽では、米はおろか、稗も粟も育たなかった。食物が全く底をつき、道端に人が行き倒れになった。飢えた人々は、草の根や木の根を食べ、牛馬や犬猫を食べ、鼠を探し蚯蚓《みみず》を掘った。餓死者の肉を漁る者もいたという。

弘前の津軽家はじめ、盛岡の南部家、七戸や八戸の南部家の分家、さらには中村の相馬家では、餓死者が続出した。米沢の上杉家が、広く粥を配って餓死を防いだのはごく稀な話で、仙台の伊達家や、秋田の佐竹家、鶴岡の酒井家でも、打つ手がなく手を拱いたのである。

十月一日の式日、土屋健次郎が江戸城に初出仕した。殿中席は、土井家と同じ雁の間である。雁の間は城郭を有する譜代大名の殿席で、目付部屋の近くにある。その日、冬馬が番町の屋敷に帰ると、長井宇左衛門が待っていた。冬馬が会うと、健次郎様初出仕の報告をし、志摩守様の御尽力に対して御礼を言上した。

十五日の式日、健次郎が登城した。二度目も無事に下城した。その日、冬馬は、御城に宿直《とのい》し、十六日の夕刻、番町の屋敷に帰った。今度は矢代兵右衛門が待っていた。

冬馬は、三の間に入ると、挨拶を省き、

「駿河台下はさぞ多用であろう。兵右衛門よく参った」と、声をかけた。

兵右衛門は、冬馬を見て、

「冬馬様。此度《こたび》は拙者、肝を潰しました。健次郎様、御無事に御城に上られ、大慶の思いでございます」

「今春、十六になってすぐ元服していれば、付け入られる隙がなかった」

「健次郎様は臘月より御風邪を拗らされ、毎日高熱が続き、三月まで御床が上らぬことでございました」

冬馬が、それは仕方なかった。さて兵右衛門、今日は遊びに参った訳ではあるまい、と尋ねると、兵右衛門が、

「本年の冷害は陸奥、出羽のみならず、上州、野州、武州へと広がっております。月形はいかがでございますか」と聞く。

「月形も散々で、米も作物も全滅に近い」

「それ、そこでございます。国元より、必要でございましたら、土浦より五百俵でも千俵でも御回し申したい、と伝達して参りました」

冬馬は、土浦土屋家の厚意に対し、厚く礼を述べた。

「そなたゆえ、当家の内情を話そう。今年の物成徴収は止めにした。麻布の祖父様《おじい》の隠居料は毎年千俵ある。昔、祖父様が千石の加増なら嬉しいが、千俵を貰っても何にもならぬと嘆かれたと聞く。しかし不作の年は千石の物成として四百石の徴収はできないが、千俵なら、浅草の御蔵より四斗の俵が千、過不足なく引き渡される。祖父様が、麻布の所帯に十倍する番町の屋敷は困っておるだろう、と回してくださった」

兵右衛門が、それは思い至りませんでした、と云う。冬馬は、

「靭負ら国家老によく礼を伝えてほしい」と依頼した。

兵右衛門が、承知しました、と応じた。

菊が、各自燭台をもった萩野、八重を従え、三の間に入ってきた。絵蝋燭の光で、座敷が俄かに明るくなった。菊は兵右衛門と挨拶を交した。

「冬馬様、御酒《ごしゅ》を召し上がりますか」

「飲もう。宿直明けの夕べは、いつもほっとする」と、本音がでた。

菊の指図で、二人が、酒や膳を整えた。膳には、平目の焼き物、芝海老の乾煎《からい》り、蜆の佃煮、八丁味噌汁がのせられていた。煮穴子の鮨が御飯代りである。

兵右衛門は、生き生きとした二人の美しさを見て、駿河台下の奥方様や敦姫様は木偶《でく》でしかないと思い知った。土浦家中にあって、自分は意識しないが視野が狭くなっているのかもしれない。冬馬様が養子入りの話を一蹴されるのも尤もなことかもしれない。人物として、健次郎様はむろん、先々代ですら、冬馬様には遠く及ばない。

兵右衛門は、冬馬を見て微笑した。煮穴子の鮨を指さし、

「穴子の鮨も旨いですが、近頃小鰭《こはだ》の鮨なるものを売り歩く者がいて、町方の者が競って買っていること、御存じでございますか」

「私は知らないが、そなたたち知っているか」と萩野、八重を見た。二人は、知らないと云う。冬馬は、

「兵右衛門、そなた食べたのか」と、聞いてみた。兵右衛門は、

「十太夫が勧めますので、口にしましたら、これが旨いのです」と云う。

冬馬も、八重や萩野も、関心をもった。兵右衛門は、

「しかし旨くてもお勧めできません。小鰭は、コノシロの若魚でございます」

「コノシロは、この城を焼く、と云って、ふつう武家は避ける」

「武家は食いませぬし、この魚は生《なま》では食えず、煮ても焼いても食えませぬ。焼けば死臭がすると申します。ところが酢でしめると、小鰭の鮨は旨いのです」

兵右衛門は、近頃市中では、コノシロやナマコを売り歩く者がいると聞きます。荷の中に多くの小鰭が入っておりましょう、と云う。八重や萩野は、ナマコとは何だろうという顔である。冬馬は、

「少し市中を歩いてみなければならない」と、兵右衛門に相槌をうった。

八重や萩野の給仕で、冬馬も、兵右衛門も、快く酔った。兵右衛門は、冬馬と二人きりの酒席で、気を許した。

「十太夫の耳に入りましたが、相馬家は因幡守様が五十歳の本年、近々御隠居なさるそうでございます」と云う。

「ならば、讃岐守が襲封するのだな」

「十九にて讃岐守様が襲封されます。しかし餓死者が既に数千人に上るのに加え、数千人の百姓が逃散したという話がございます。ここで疫病が発生すれば、一溜りもございますまい」

「危うい」

「この原因は、表高六万石の相馬様が、元禄年間の検地で九万八千石などと届けて見栄を張ろうとしたことでございます。御公儀としては、相馬家が裕福なら土木工事の御手伝いを命じよう、ということになります。あの御家は家政が破綻し、些かの余力もございますまい」と云う。

「それが事実なら、飢饉が追い討ちをかけることになろう」

「左様、果して相馬様がやっていけるか、これは見物でございますなぁ」

「兵右衛門、それは薄情な言い方だ」と、少し非難を含ませた。

十六

十月に入り、冬馬は、日本橋室町の木曽屋に通うのに努めた。振り返ると、この一月で四度、木曽屋にいった。弥生は、冬馬の指導どおり熱心に練習した。二十七日の出稽古のさい、冬馬は為之丞に、泉州堺の刀匠の手になる無銘の業物の短い方と、その辺にあった脇差を木曽屋まで運ばせた。

弥生は、大小の刀を腰におびて、しっかりと持ち堪えた。やや大柄で元気なので、左腰に刀の重さを加えても、少しもふらつかなかった。冬馬は安堵した。練習が進めば、真剣の出し入れを練習させよう。弥生が僅かでも真剣に慣れてくれれば、町娘より二歩か三歩か、武家娘に近づこう。冬馬の思いはそこにある。

供の為之丞と周一郎は、自分らが待っている間、冬馬が何をしているか、すぐ気づいたが、顔を見合せただけで口外しなかった。明神下の吉弥も、一日数度木曽屋の周りを一周していて、弥生の練習する声を耳にした。相手は誰かと立ち止って注意してみて、土屋様だと気づき、嬉しくなった。むろん誰にも口外しなかった。

しかし厄介な問題が、予期しない別のところより生じた。尾張町の藤木屋には二人の倅があり、惣領息子の清一が、弥生と同じ明和三年の生れで、今年十八である。清一は切れの長い目に鼻筋が通っていて、幼少のときより雛祭りには、弥生のお雛様に対しお内裏様を勤めてきた。いずれ似合いの夫婦《みょうと》になろう、と言い囃されてきたのである。

拐かし未遂事件の翌日、本郷に住う志野が、木曽屋に見舞いに駆けつけた。志野も藤木屋の娘で、志津の妹である。事件を耳にして、尾張町の御新造の千代も駆けつけ、志野と鉢合せた。志野は、縹緻自慢の、兄嫁の千代を嫌っていた。志津が上手にあしらい、二人は弥生が心配ないのを見て、賑やかに引きあげた。

翌々日、清一が見舞いにきた。志津は、弥生に会わせなかった。その後も、清一は木曽屋を二度訪れたが、志津は一度も会わせなかった。

清一は、表に回り、木曽屋の暖簾を体で割った。店に入ると、清一だと知って、店の者は皆、目をふせた。清一は目で忠三を探した。忠三は店の奥で、丁稚と一緒になって木材を小分けしていた。清一は、

「忠さん」と大声で呼んだ。

忠三は、愛想笑いを浮べて店先にでてきた。

十六

「坊ちゃん、いつお越しで」

「弥生の見舞いにきたのに、今日も会わせてくれない」と愚痴を溢《こぼ》した。店の者が皆、耳を欹てた。忠三は、清一を店の外に引っぱっていった。

「忠さん。木曽屋は今、何がどうなってるんだい」と、息巻く。忠三は、暮れ六ツに日本橋南詰、志らが蕎麦で会うことを約して、清一を引きとらせた。

十月十六日の夕刻である。忠三は、蕎麦屋の狭い二階の隅で、清一が階段を上ってくるのを待ちながら、安酒の盃を傾けていた。清一が、縞大島の小袖を二枚重ね着して上ってきた。忠三は、上目遣いにじろっと見て、こいつ、どこまで気障な奴だろうかと、さすがに呆れてしまった。

二階の座敷に他の客はいなかった。清一は、すぐにも木曽屋の事情を聞こうと、忠三に催促した。忠三は、盃を清一に差しだし、

「坊ちゃん、まぁ一杯」と云って、銚子の酒を注いだ。清一はぐっと呷《あお》って、

「木曽屋は今、何がどうなってるんだい」と息巻いた。

忠三は、清一の顔を正視して、

「坊ちゃんは、お嬢様を救った侍のことをお聞きじゃないんですか」

「聞いた。八丁堀の与力の旦那だとか、旗本の若様だとか」と、曖昧である。

「お嬢様を救ったのは、御公儀の御重職の御方で、あれ以来、何度かお嬢様に会いに御店にお越しです」

清一は顔色を一変させた。弥生が今にも取りあげられそうな気がした。

「弥生は十八だぞ。四十か五十の男の側女《そばめ》になるのか」

「土屋様は若い御武家です。多分、二十四か、五でしょう」

清一は、見るみる青くなった。

「弥生は俺の女だ。取られて堪るか」

清一は大店の倅というだけの、並の人間である。ところが問題は、忠三である。忠三は名のとおり、安房の百姓の三男坊である。三男坊で体は貧弱ながら、生れつき目から鼻にぬける小利口さに恵まれていた。十五で江戸にきて木曽屋に入った。身を粉にして働いているのが、藤左衛門の目に止り、忠三、忠三と重宝された。

忠三は、頭が回るだけに野心家である。木曽屋の大きな身代を見て、いつか自分が番頭になってこの店を切り回したいと思った。藤左衛門の一人娘の女の子が成長するにつれて美しくなっていくのを見て、いつか自分がこの美しい娘を抱きたいと思った。しかし現実は、三十一になって手代の末端に列なったにすぎない。

忠三は今年三十五である。自分より上に、平手代が十人、上座手代が五人、さらに番頭格が二人、番頭が二人、乗っかっている。主人に少々重宝されても、材木商の大店の使用人として、体力のないのが泣き所である。ふつう一人で運ぶ木材すら、丁稚を呼んで手を借りなければならないのは、そろそろ昇格が止ることを示していた。

忠三は、賢いだけに自分の将来をかなり正確に見通した。野心を捨てなければならないところを、そうしなかった。起死回生の妙手があった。藤木屋の清一が婿養子に入ることが実現すれば、清一を操ってどこまでも昇格できるし、清一の弱みを握って娘を抱くこともできるのである。

木曽屋の手代忠三と、藤木屋の惣領たる清一は、何か方途を見つけ、手を尽して、鳶に油揚げを攫《さら》われないようにしよう、と意見が一致した。清一は、忠三の思惑に気がつきもしなかったが、意見が一致した。それにはどうすればよいのか。これが、十月半ば冷えてきた夜、他に客のいない蕎麦屋の二階の、長いひそひそ話になった。

「忠さん。浪人を何人か雇って、その土屋という旗本が木曽屋にくるのを斬ってしまうのは、どうだろうか。帰りを襲ってもよい」と、真顔である。

「それはいけねえ。土屋様本人がヤットウができるし、屈強のお供がついている」

「一人のときがあるだろう。浪人を雇う金くらい、俺がもっている」

「浪人が返り討ちに会えばそれまでだが、下手に捕まりでもしたら、坊ちゃんや俺の名がでてしまいますぜ」と反対した。

清一が、御城勤めの御旗本が町娘といちゃついている、と目安箱に直訴したら、旗本はただではすまないだろう、と提案した。忠三はこれにも反対し、もし坊ちゃんや俺が直訴したら、町奉行所に調べられますぜと、読みが浅いと指摘した。つまり合法的な手はないのである。

二人は、安酒を呷り、掛け蕎麦を食い、ああでもない、こうでもない、と時のすぎるのを忘れた。清一が、いっそのことやるか、と云う。

「坊ちゃん、いっそのこと、どうするんです」

「番町の屋敷に付け火する」と云う。

なるほど、と忠三が思わず膝をうった。御目付が自分の屋敷より火をだせば、大火ならむろん、小火《ぼや》であっても、失脚するのではないか。そうなれば、おそらく弥生の輿入れもなくなろうと思われる。しかしこれも無理な気がする。忠三は、藤左衛門が番町の屋敷を訪問したとき、和助らと門番所の中で待っていた。そのとき、二人の侍が屋敷内を隈なく巡回するのを目にしたのである。二本の短槍の穂先がきらきら光っていたのが、今蘇ってきた。

「番町の屋敷に踏みこんだら、串刺しにされてしまう」と云って、自分の見てきたことを説明した。清一が、

「じゃ、どうするんだ」と、むずかった。

忠三が少し思い巡らして、

「坊ちゃんの云うように、これは案外いけるかもしれない。土屋様は番町の御屋敷が本邸だが、麻布に下屋敷があると聞いてます。下屋敷なら人が少なく、さほど用心していないでしょう。本邸だろうと下屋敷だろうと、一度火がでりゃ御目付は免職になるに違いないでしょう」

付け火は市中引き回しの上、火炙《ひあぶ》りの刑に処される。しかし付け火をするのは、清一である。忠三は脇役にすぎないし、清一の弱みを握れる。

二人は、麻布の下屋敷に付け火しようと、方途を探った。まず清一が正確な位置を確認してくる。忍びこむ場所も見つけてくる。忠三が、

「坊ちゃん、あの辺は武家地ですから、目立たない恰好でおいきなさい。今夜の恰好ではいけませんぜ」と注意した。

「おや、これは変かい」

「目立ちます」

十月は小の月である。尽日二十九日の夜、寝静まる四ツ頃決行することにして、蕎麦屋の二階に六ツ半にくることを約した。清一は声が上擦っていた。

十七

江戸城の中で椿事が出来《しゅったい》したのは、天明三年十一月一日のことである。この日、城内では、奏者番田沼山城守の若年寄就任が発表された。山城守は田沼主殿頭の嫡男で、三十五歳である。未《いま》だ家督をつがない、部屋住みである。部屋住みにして若年寄に就任した先例は、ない。しかも奥勤め兼帯の若年寄になり、御用番を免じられた。

毎月一日は式日で、在府の大名や旗本が総登城する。しかし御上に拝謁できる人はごく限られた。御三家はじめ少数である。御三家中、水戸家は在府し、尾州家と紀州家の両家は毎年三月交代で参勤し、江戸には常に二家の当主がいた。天明三年は尾張大納言宗睦《むねちか》が国元にいて、紀伊中納言治貞が在府していた。

この日の拝謁は、黒書院が使用された。黒書院は、上段の間、下段の間が各十八畳、東に隣る、囲炉裏《いろり》の間、西湖の間が各十五畳、さらに、四つの座敷の周囲にぐるりと入側《いりがわ》がある。入側は畳敷きの廊下であり、座敷でもある。入側は皆、広い。黒書院は白書院より小規模ながら、全部で優に百数十畳ある。

この日、御三家の拝謁は、紀伊中納言、水戸宰相治保《はるもり》、尾張大納言の世嗣《せいし》たる中将治行の三人である。四ツ半頃、御上が上段の間に出御した。世嗣の豊千代は、昨年四月に元服し、名を家斉と改めて、従二位権大納言に叙任された。当年十一歳で、本日は微熱があると称して西の丸よりでようとしなかった。

下段の間の入側に老中、老中格が並び、離れて、西湖の間の入側の、縁側の際に若年寄が並んだ。老中は、松平周防守、田沼主殿頭、久世大和守の三人で、老中格は、水野出羽守である。一方、若年寄は、酒井石見守、加納遠江守、米倉丹後守、太田備後守の四人に加え、田沼山城守、その人である。

十一月は、末吉善左衛門、土屋志摩守の二人が、月番目付である。月番の第一の役当りは、座敷番である。四ツ半より前、善左衛門が大廊下上の部屋へ向った。そこが御三家の殿中席である。数人の坊主が追いかけた。冬馬は、波の廊下、正確には、白書院北の入側にいき、中庭と縁側を背にして端座した。

しっ、しっ、と坊主の警蹕《けいひつ》の声がして、冬馬の視線の先を直線に走る松の廊下に、坊主に続き、善左衛門の案内で、紀伊中納言、水戸宰相、尾張中将が順に姿をみせた。一日は月次《つきなみ》の式日にすぎないため、皆、麻裃の姿である。善左衛門の案内はここで終り、奏者番の本庄淡路守が引きとって、三人を竹の廊下に導いた。

竹の廊下は、冬馬、善左衛門の二人が端座する、その背を走る廊下で、白書院と黒書院を繋ぐ廊下である。小半時して、しっ、しっ、と声がし、二人の坊主に続き、紀伊中納言が波の廊下に現れ、松の廊下を戻っていった。暫くして又ぞろ声がし、これも二人の坊主に続き、水戸宰相が波の廊下に現れ、松の廊下を戻っていった。

暫くして椿事が出来した。坊主の姿も警蹕の声もなく、尾張中将が冬馬や善左衛門の前に姿をみせた。背丈は五尺五寸近くあるが痩身である。ほとんど間をおかず、目付二人の前に、長身の大きな人が現れた。奏者番かと思ったら、何と田沼山城守が大足に波の廊下に現れたのである。

山城守は、尾張中将の傍らをすりぬけ、松の廊下へでようとしていた。中将は、よもや自分の傍らをすりぬける者があるとは予想しなかった。気配を感じ、咄嗟に脇に避けようとして、左右の脚が絡んでその場に転倒した。その中将の頭に、運悪く、山城守の急ぐ足がぶつかった。

中将は跳ねおきるや、両手を脇差においた。山城守は、これを冷やかに一瞥し、

「御無礼を致しました」と頭をさげると、松の廊下へと歩を運んだ。

中将は、山城守が口元に漂わせた冷笑に気づき激昂した。冬馬も、中将を起そうと身を屈めた低い姿勢で、山城守の冷笑を見た。

このとき中将は、

「おのれ下郎」と叫んで、先へいく山城守の背中に斬りつけるべく、脇差をぬこうとしたのである。冬馬は、その顔を見上げ、

「尾州様。なりませぬ」と云いながら、中将の両腕を力強く押えた。

中将は怒りの声で、そなたは誰だ。予の腕を離せ、と叫んだ。冬馬は、

「目付土屋志摩守でございます。尾州様、なりませぬ」と両手の力を加えた。

二十四の中将は、目付がでてきたか、と我に返った。冬馬を見て、

「もうすんだ。予の腕を離すがよい」と、低い声で命じた。

冬馬は腕を離し、中将より離れると、元どおり端座した。善左衛門は、五年前に目付を拝命したが、既に五十七である。椿事を目の当りにして立ち上ったが、どう動いてよいか迷い、素早く対応できなかった。中将が落ちついたのを見て、先導して、松の廊下を殿中席へ案内した。途中、廊下をくる坊主に、

「御番《ごばん》医師を直ちに呼んで参れ」と、強い声で命じた。

中将はこれを聞き、善左衛門に、無用である、と吐きすてた。

椿事は、一瞬の出来事だった。この騒ぎを、上の部屋に入る直前の水戸宰相が、果して見えているのかどうか、遠くよりじっと見ていた。宰相は、山城守が近づく前に上の部屋に入った。この日の御三家の拝謁は、このような椿事を伴った。本丸御殿の西の端、人の行き来の少ない場所の突発事であり、目にした人は僅かしかいなかった。

竹の廊下より本庄淡路守が現れた。冬馬は立ち上って一揖し、

「御伺い致します。本日、溜りの間の方々の拝謁はいかがなりましたか」と質問した。

淡路守は、近くまできて、

「御三家を謁見された後、どうやら、御上が御座の間に入られた模様だ。溜りの間の方々の拝謁は延引しそうだ」と云う。

「左様でございますか」

淡路守は声を潜めて、

「今しがた山城守様が御玄関へ向われたであろう」と聞く。

冬馬は、目付として正確に答えた。

「大足で向われました。殿中を走られれば、目付としては捨ておけませんが」

三十歳、やんちゃげのある淡路守は、にっと笑うと、

「西の丸様が御不例と聞き、御見舞いに飛んでいかれたのであろう」と云う。

そこに善左衛門が戻ったので、冬馬は淡路守に挨拶して、善左衛門と一緒に、目付部屋に帰った。井上図書頭《ずしょのかみ》が上座にいて、二人を一瞥した。

善左衛門が、波の廊下の椿事を報じた。図書頭は、注意深く聞き、土屋、御手柄だったな、と褒めた。図書頭は、昔を振り返り、

「殿中の刃傷は、八代様のとき、信州松本の水野隼人正《はやとのかみ》が長州長府の毛利甲斐守の世子《せいし》に斬りつけた事件がある。隼人正は御側用人、水野出羽守様の先々代に当ると思う。九代様のとき、数年前か、高齢にて没せられた御老中、板倉佐渡守様の分家の旗本、板倉修理《しゅり》という者が肥後熊本の細川越中守を殺害した事件がある」と云う。

図書頭が、大きく眉根をよせ、

「当代様になって、刃傷は起きていない。しかも御三家の御方が殿中にて鯉口を切られるとなると、前代未聞である。御城中がひっくり返る大騒動になろう。そなたら、よく注意が行き届いた」と、日頃点の辛い図書頭としては、珍しく正直に褒めた。

冬馬は、目付部屋で皆で弁当を使った。その頃には、総登城した大名や旗本が下城して

いき、本丸御殿の中は人が少なくなった。

　八ツ、菊の間で大番組に番入りする十人の点呼があった。冬馬と善左衛門は、八ツ前に目付部屋をでて、近くの菊の間に入った。その直後、大番頭の石井加賀守、同永田讃岐守の二人が入り、目付両人に一揖し、北側の上座に位置した。冬馬と善左衛門は、襖を背にし、座敷の東側の真ん中に端座した。八ツすぎ、座敷の入口につめていた大番組頭数人の指示で、入口より一人ずつ順に呼びこまれた。十人が座敷の下方に二列に並ぶと、組頭の古参の者が十人を一人ずつ点呼した。

　冬馬と善左衛門は、目付部屋に帰った。古顔の坊主、周珍がきて、翌日の役当りの原案を示した。二人は一覧し、了承した。周珍は、それを図書頭に見せにいった。

　八ツ半近く。これより七ツが、諸役人の多数の退《ひ》き時である。冬馬は、坊主が膝行してきて、尾州様御城附《おしろづ》きの方々が、志摩守様に御目通りを願っておられます、と耳打ちしたため、図書頭にその旨を断り部屋をでた。図書頭は、よいか、椿事は目付部屋の記録にも記さぬぞ、と注意を促した。

　御三家に限り、御城の中に出先の役人をおいていた。表向きの奥、南北に通じる大廊下を台所の見える所で左に曲ると、台所廊下がある。この廊下の北側に御城附き詰所という小部屋がある。ここに御三家は役人をおいていた。御城附きの者は、公儀との連絡が一番の役目で、加えて、当主が登城してきたさい、あれこれ世話をするのである。

冬馬は、坊主の案内で、檜の間の廊下より、細長い蘇鉄の間に入った。座敷の入口近くに、二人の者が座っていて、冬馬を見て平伏した。平伏したまま、尾州家家中、仙石刑部でございます、同じく夏目治左衛門《じざえもん》でございます、と名乗った。冬馬は、自分も名乗った後、どうぞ、お手をおあげくださいさい、と静かに云った。

地位の高いらしい仙石が、

「志摩守様、本日は当家の不調法をお救いくださり、御礼の言葉もございませぬ。中将様は年若く感情の起伏が多い御方でございます」と、問わず語りの弁解である。夏目も、

「志摩守様なかりせば、我ら両人、今頃腹を掻き切っておりましょうし、二人の腹くらいで収まる話ではございますまい。尾州家家中として、心より御礼を申し上げます」と誠意のある挨拶をし、深く平伏した。仙石も、倣って平伏した。

冬馬は、面をあげるよう促し、

「本日は、中将様には何ら不調法はありませんでした。この旨、目付として御両所に明言致します。なお、目付首座と協議し、この件は目付部屋の日誌に一切記さないことを確認

しました」と説明した。

仙石も夏目も表情を輝かせ、年若い冬馬に向い、繰り返し頭をさげた。

仙石が改まって、

「できますれば今夕にも御礼に参上したいと存じます」と云う。夏目も、

「左様、今夕にも当家の重職が参上しなければなりませぬ」と云う。

冬馬は当惑した。九月十月は五、十の日が宿直だったが、十月が小の月のため、十一月は一、六の日が宿直である。今日は番町の屋敷に帰らない。このこともあり、

「不調法などなかった、と申し上げている以上、尾州様より当方に御礼にきてくださるのは、おかしなことです」と辞退した。

仙石、夏目は異口同音に、

「しかしそれは作法が違いましょう」

「作法が違いましょう」と抗議してきた。

御三家の筆頭たる尾州家には、尾州家なりの作法がある。

冬馬は仕方なく、今月は一、六の日は御城に宿直することを教え、

「本日は屋敷に帰りません」と、謝するしかなかった。

二人は、それは却って好都合でございます、と云う。尾州家の上屋敷は、本日の椿事を整理して、土屋様にどのように御礼を言上するか。一日猶予がございますれば、どのようにも考案できます、と云うのである。冬馬は頷いておいた。二人は、三度目の平伏をした後、虎の間側の戸をあけ、静かに退出していった。

十八

十一月二日の七ツ頃、冬馬は、番町の屋敷に帰った。西日が僅かに傾いていた。玄関に至る前庭の周りに人が多く、ざわついていた。葭田頼母が出迎えた。

「御客様でございます。尾州様の御家老、遠山惣右衛門《そうえもん》様、佐々久太夫様、お二人が最前より母屋の書院にてお待ちでございます」と云う。

冬馬は、刀を頼母に預け、麻裃のまま表の書院に入った。尾州家の家老の傍らで、木村儀右衛門、森酉之祐が相手を務めていた。火を点じたばかりの絵蝋燭の燭台が二台、炎を小さく揺していた。冬馬は、床の間を背にして座った。一見して、かなりの年齢の二人が平伏した。冬馬が、お楽にしてほしい、と声をかけた。

二人は顔をあげ、それぞれ、尾州家上屋敷の家老、遠山惣右衛門でございます。同じく中屋敷の家老、佐々久太夫でございます、と名乗った。冬馬は、

「尾州様は上屋敷が四谷、中屋敷が市ヶ谷でございますか」と質問した。

遠山がこれをうけて、

「本来は御城に近い四谷が上屋敷、御城に遠い市ヶ谷が中屋敷でございます。しかし当家は四谷が手狭なため、やむをえず、市ヶ谷を上屋敷にしております」と説明した。

尾州家の場合、およそ、上屋敷は七万五千坪、中屋敷は二万坪、戸山の下屋敷は十三万六千坪である。紀州家は逆に、御城に近い四谷を上屋敷、遠い赤坂を中屋敷とし、上屋敷は二万四千坪、中屋敷は十三万四千坪である。水戸家は小石川の上屋敷が、十万一千坪である。

遠山、佐々の二人は、昨日、殿中における中将治行様の不調法を、居合せた志摩守様が専ら中将様の御為《おんため》を配慮してくださった、と深謝したのである。志摩守様なかりせば、と昨日の御城附きの者と同じ謝辞が延々と繰り返された。冬馬は、役目柄体が動いただけのことです、と謙遜した。冬馬が、

「とんだ梶川与惣兵衛《よそべえ》にて、中将様が御怒りでありましたろう」と云ってみると、

遠山と佐々が顔を見合せ、

「左様なことはございませんでした。ただ何か御気に掛り、御気に病まれるらしい御様子が見てとれました」と、慎重に返答した。

遠山が声を潜め、

「当家は大納言様の御嫡子、治休《はるよし》様が安永二年、二十一歳にて病没され、御二男、治興《はるおき》様も安永五年、同じく二十一歳にて病没されました。御世嗣の続く御逝去のため、濃州高須の御分家より大納言様の甥御、源次郎様を養嗣子に迎えられ、安永六年一月、治行と改名し、従三位《じゅさんみ》の中将に叙任されました。あれより、ようやく六年でございます」と、もう後のないことを示唆する沈んだ話になった。

佐々も声を潜め、

「治休様も、治興様も、御正室、近衛様の御息女、好姫《よしひめ》様の御子様にて、どちらも市ヶ谷の御生れ、御育ちでございます。治行様は、四谷の御生れ、御育ちでございます。治行様は、家中の者が御無事を祈り奉る、ただ一人の御方であります」と云うのである。

遠山が、下座に控える酉之祐に向って、御願いがございます。供の下田弥一郎なる者をお呼びいただけませぬか、と頼んだ。酉之祐が立ち、中の間に呼びにいった。

暫くして、酉之祐の案内で、二人の者が、それぞれ袱紗をかけた三方《さんぼう》を表の書院の廊下に運んできた。遠山と佐々が廊下にでて受けとり、冬馬の前に恭しくおいた。

遠山が、冬馬に頭をさげ、

「尾州家よりの御礼でございますれば、何卒、御受納くださいますよう、御願い申し上げます」と、畳に手をついた。

　冬馬は、

「これは御辞退できましょうか」と、何気なく尋ねた。

　遠山と佐々が顔を見合せ、遠山が、

「御辞退は、拙者、寡聞にして聞いたことがございませぬ。御辞退となりますれば、拙者ら屋敷に帰られませぬ」と、驚いた顔付きで云う。冬馬は、尾州家の御下賜品を辞退する者はないのだろう、と納得した。何しろ将軍家に次ぐ尾州家である。目付として、他よりの贈与は一切受けとれない、と撥ねつけられない特別の場合である。

　遠山が膝行して、冬馬に目録を捧げた。冬馬は目礼して受けとり、目録と表書きのある紙を外し、中の目録を一見した。

「一　筑紫行弘作、脇差、一口
　一　金、三百両」とある。
　冬馬は、さすがに驚かされた。行弘の脇差といえば、正宗の脇差と同じく、実に名刀中の名刀である。尾州大納言の不在中、誰が行弘の下賜を決定できるのか。目録には、日付に続き、宛名の土屋志摩守が、敬称なく記されている。ずっと離れ、目録の左下に厳山《げんざん》という名があり、花押《かおう》がある。

冬馬は、小首を傾げ、

「これは大変な頂戴物でございます。厚く御礼を申し上げます。私、物を知らず、御無礼致します。厳山様は、どなたでございますか」と質問した。

遠山は、さもありましょう、という表情をして、

「前《さき》の犬山城主、成川隼人正様の号でございます」

と教えた。

御三家の創設時、家康は、側近の者を三家につけ、附家老《つけがろう》とした。尾州家の成川、竹腰の両家、紀州家の安藤、水野の両家、水戸家の中山家がそれであり、中でも、成川、安藤の両家は他家より格上とされた。成川は三万五千石で、代々従五位下隼人正に叙任されたし、安藤は田辺城主、三万八千石で、これも代々従五位下帯刀《たてはき》に叙任された。

遠山は、

「大納言様に半年遅れ、今の隼人正様も参勤より国元に御帰りになりました。御二方不在中は、厳山様が、麹町通りを隔てて、当家中屋敷の前にございます成川家上屋敷に御入りになり、政務を御覧になります」と説明した。

冬馬は、厳山様に御礼を言上してほしい、と頼んだ。遠山惣右衛門、佐々久太夫が辞去することになった。頼母が、薄色の包み二つをもって、表の書院の廊下に現れた。何かのときにと、菊が尾張町の藤木屋を屋敷に呼んで、上質の反物を相当数、用意していたのである。頼母が、廊下の隅に控えていた下田弥一郎にそれを手渡した。

十一月三日の朝、冬馬は、洗顔をし、近習の中村東一郎を呼んだ。若い東一郎が月代《さかやき》を剃り、髪を結った。中庭にでて木刀の素振りをし、井戸端で汗を拭った。六ツ半、朝食に間があり、書見をしようと机に向うと、別棟の入口辺りに急ぐ足音が聞えた。居間の障子に、取次の柴田小弥太の影が映った。障子の向うより、

「ただ今、尾州犬山の成川厳山様、門前に御来駕でございます。幸三郎、彦之進が御駕籠を御案内しております」と報告した。

清野幸三郎、橋川彦之進は、どちらも中小姓である。明け六ツに小半時かけて屋敷内を見回り、槍をもったまま門番所で寛いでいたのだろう。

冬馬は障子をあけ、廊下に低い姿勢でいる小弥太に、

「頼母を呼び、八重と萩野に茶菓の支度をさせよ。もし用談が半時近く掛るようなら、菊に云って朝餉《あさげ》をお出しせよ。厳山様はじめ、お供の方々にもお出しせよ。屋敷の者の朝餉

は、その後にせよ」と、年少の小弥太に対し噛んで含めた。

小弥太は承知して、急ぎ足で母屋へ去った。冬馬は、刀架の脇差を腰にさすと、母屋の玄関に向った。丸に酢漿草《かたばみ》の家紋のついた駕籠が、ちょうど玄関に横付けされた。

冬馬は式台の中央に端座して、厳山が降りてくるのを待った。幸三郎、彦之進が玄関脇に控えた。還暦をすぎたらしい大柄な厳山が、羽織袴の姿で現れた。

冬馬は平伏したまま、

「土屋志摩守でございます。厳山様、本日はよくお越しくださいました」と挨拶し、式台の端に身をよけた。厳山は、

「そなたが志摩か。予が厳山だ。邪魔をする」と挨拶して、式台より上った。

冬馬は、廊下を先導して、表の書院に案内した。書院前の廊下いた八重、萩野が両手をつき、深く頭をさげた。書院は二十畳あり、付書院の障子に朝の光が滲みだした。床の間の前に八端の座布団をおき、側に炭火の入った、形の綺麗な手焙りをおいている。主人と客が座敷に入ったのを見て、二人が左右より障子をしめた。

厳山は、床の間を背にして座った。冬馬は、離れて下座に座った。ここで改めて初対面の挨拶をした。冬馬が勧め、厳山が座布団を使用した。

巌山が、

「此度《こたび》のことが事なく収まったのは、そなたの御蔭である。厚意ある計らいに予より礼を云う」と云って、一揖した。

冬馬は、そのように仰せられますと恐縮致します、と返した。

廊下より声がし、八重、萩野が茶菓をもって、座敷に入ってきた。濃い煎茶と、落雁である。二人は丁寧な作法で茶菓を供し、廊下へ去った。

巌山は、煎茶を旨そうに飲み、

「昨夕当家に参った遠山惣右衛門、佐々久太夫の二人より、尾州家の事情を聞いたことと思う。尾張の中将は治行様で三人目にして、もう後がない。大納言様の御世嗣が二人逝去されたため、安永六年一月、甥御の源次郎君、その頃分家高須の当主だった摂津守義柄《よしえ》様を御世嗣として迎えた。御年十八歳。治行と名を改め、三人目の中将になられた」

巌山は、煎茶で口を潤し、

「三年前、先々代の紀伊中納言宗将《むねのぶ》様の御息女、従姫《よりひめ》様を御正室に迎えられ、お二人の間に五郎太様なる御嫡男が誕生されておる。治行様は、いわば尾州家、紀州家の期待を一身に背負っておられる御方である。然るに殿中にて些細なことで争っては御身の破滅であるし、況して刃傷するに至っては御三家の凋落を招来しよう」と、長嘆息したのである。

冬馬は、厳山の話を静かに聞いた。一昨日の椿事について、慰める材料がなく、慰める言葉が見当らない以上、ただ聞きおくだけである。

厳山は、冬馬の物言わぬ態度を見て、微笑を浮べた。微笑は、ありがたかった、というのである。家老や、御城附きと違って、大仰な挨拶はない。

冬馬は、廊下に人の気配を感じ、立っていって障子をあけた。頼母が、朝餉の御用意が整いました、と報じた。

冬馬は座に戻り、厳山に、

「厳山様。朝餉をお召し上りくださいましょうか」と意向を尋ねた。

厳山が、朝餉を振る舞ってくれるか、と聞いた。

菊が入ってきて、八重、萩野を指図して、主客に膳を並べ始めた。その間、厳山が、

「学渓殿は息災か」と、冬馬に聞く。

「麻布に隠居して、御蔭様で元気にしております」

「それは重畳。御城でいつも顔を合せながら、予も学渓殿も圭角があるらしく、話す機会がないまま打ちすぎた」と云う。

「厳山様が御来訪くださいましたことを話せば、さぞ驚きましょう」

厳山は、嬉しそうに破顔した。

八重と萩野が、給仕として控えた。膳の上に、雉の煮付け、塩鮭、煮豆、生姜をそえた豆腐、蜆の佃煮、奈良漬け、海苔をそえた御飯、鮪の空汁がのせられている。

「朝餉が贅沢だな」

「御客様のあるときに限ります」

中の間の家来衆にも同じ膳をだしたはずである。中間や小者には結びと香の物くらいをだしているだろう。

和やかな朝餉である。厳山は蜆の佃煮が気に入ったように見える。

「思わず長居した」と挨拶して、厳山が辞去することになった。

冬馬が先導して、玄関にでた。家老の木村儀衛門、用人の葭田頼母、同森酉之祐が玄関の片方に控えていた。冬馬は、三人の名を披露した。厳山は、一々頷いた。

駕籠の中に入ろうとして、厳山が振り返り、

「志摩も予の屋敷にくるがよい」

と、招いてくれた。冬馬は御礼を述べた。頼母は、駕籠脇の用人に、最上の反物の入った

包みと、蜆の佃煮の入った大壺を渡した。

丸に酢漿草の駕籠を見送ると、冬馬は居間に急ぎ、登城する仕度に掛った。八重がきて手伝った。頼母は、冬馬様の御代《おだい》は何が起きるやら、と独りごちた。

十九

十一月五日の午後、冬近い晴れた日である。冬馬は、月番目付ながら、御城の中は終日平穏で、少し早く下城した。いつものように、神田橋門外の町家で羽織袴に着替え、供の者を屋敷に帰した。為之丞と周一郎をつれて、木曽屋にいった。七ツ前か、いつもの木戸を潜った。朝のうち、菊より知らせてあった。

弥生が凛々しい若衆姿で出迎えた。弥生の輝く顔を見て、冬馬は、弥生を貰いたい、と申し入れる時期がきていると思った。弥生も、両親《ふたおや》も、同意するに違いない。不逞の浪人の毒牙より救った有利な地位を利用しているのかもしれないが、弥生を屋敷に迎えられるなら、利用してよいと思う。

二十回素振りをさせた後、打ちこみの練習をさせた。弥生の白磁の顔が、見る間に赤みをおびた。その後、打ちこまれるのを避《よ》ける練習をさせた。冬馬が打ちこむのを、木刀で打ち返したり、体を上手に躱したりするのである。弥生の息がかなり上った。弥生が上達してきて、冬馬が加減するのが容易になってきた。

終りに、今一度、打ちこみの練習をさせた。少し足元が覚束ない、と見た。弥生は熱心に打ちこんできた。冬馬がそれを躱すと、木刀を振り下した姿勢で、弥生の体が泳ぎそうになった。危ない、と思い、弥生の片袖を思いきり摑んだ。反動で、弥生の体がくるりと回り、そのまま冬馬の腕の中に危うく倒れ掛った。

冬馬は、弥生の体を抱き、

「危なかった」と云う。

「危なかった」と復唱して微笑んだ。弾力のある若い体より、微かな芳香が広がった。

冬馬は、弥生の魅力に抗しがたく、これまでか、と思う。

「そなた、私をどう思っている」

弥生は腕の中で、冬馬を見上げて、

「どう、って」と聞く。

「好きか」

「好き、好きです」と云って、はにかんで顔を背けた。冬馬は愛《いと》しさが勝り、弥生の体をぐっと抱きしめた。

「なら妻になるか」と尋ねると、弥生は腕の中で顔をあげ、

「あたし、奥様になります」と、はっきり答えた。

冬馬は、

「両親にお願いしよう。今日はこれで終ろう」と云って、練習を切りあげた。

弥生と井戸端にいき、手拭いを使い汗をふいた。冬馬は客間に入ったが、なぜか弥生がついてこない。いつものように、志津が、女中に茶菓をもたせて入ってきた。

「土屋様。御多用の中、ありがとうございました」と挨拶した。

冬馬は、志津の顔を見て、御主人は御在宅か、と尋ねた。

「今日は木場にいっております。すぐ呼び戻しましょうか」と聞く。室町にいれば挨拶にでてくる。でてこないのは、不在である。この日、冬馬はそれすら分らなかった。

冬馬は、ならば、御内儀にお願いしよう、と云って、

「娘御を妻にいただきたい」と、頭をさげ、軽く畳に両手をついた。

志津は、今日がその日なのか、という思いを噛みしめながら、

「土屋様。弥生は御正室でございますか、そうでなく」と、確認しようとしたところ、
冬馬がすぐ引きとり、

「むろん、正室としていただきたい」と云って、側室の疑いをきっぱり否定した。

志津は、

「不束《ふつつか》な娘でございますが、末長く御側にお置きくださいませ」と挨拶した。弥生の母としての嬉しさが、思わず声音にでた。

「すぐ主人を呼び戻します」

冬馬は無用と思い、

「どうぞ御内儀よりお話しください」と依頼した。

冬馬は、志津に向い、弥生の輿入れについては、これより土屋の家と木曽屋の間でよく話しあいたいと申し入れた。弥生は、冬馬の親戚の旗本の家の養女として輿入れすることになるが、この件は当方で計らおう。木曽屋としては、一人娘の輿入れとあって、何かと仕度もあろう。詳しくは葭田頼母、菊の二人に委ねるので、御主人や御内儀は二人とよく相談してほしいと思う。なお、御存じの山元太郎左衛門が奥向き御用の職にある。二人のほか、太郎左衛門と相談してもよい、と説明したのである。

山元太郎左衛門は、二昔前、倫の御用を勤めた。倫が早くに病没した後は、冬馬の養育掛に転じ、今に至っている。三年前、冬馬が幸を娶ったとき、太郎左衛門が奥向き御用を勤めようとしたが、幸の侍女たる蕗に手厳しく拒否された。現在は、土屋家の中で無役に近い。弥生の輿入れを聞いて雀躍するのは、太郎左衛門である。

晴れた日の、日がおちた商家の夕景である。優雅な客間の座敷で、志津が、御正室の件は確認したが、今一つ輿入れの時期を確認しておかないといけない、と思い、

「土屋様。御輿入れは、いつ頃になりましょうか」と質問した。

「それも相談して決めますが、来春の早い頃はいかがでしょう」と、冬馬は、弥生に早くきてほしいと思う。志津が、

「そうでございますね。来春の」と、言葉尻を濁した。輿入れが決れば、弥生にもう少しいてほしい思いもある。

「私は番町に帰り次第、屋敷の重立った者に婚約を披露します。よろしいでしょうね」

「それはよろしゅうございます。私どもの方は披露してよろしゅうございましょうか」

「どうぞ」と、冬馬が返答した。

志津が、女中を呼び、弥生を呼びにやった。弥生は、若衆姿で奥の客間に入り、無言で敷居近くに座った。日頃活発なのに、今は大人しく目を伏せている。

冬馬が、

「できれば五日後にこよう」と云うと、顔をあげ、嬉しそうに微笑んだ。志津は、二人の

様子を見て、初めは身分違いを懸念したが、似合いの殿様、奥様になるのだろう、と想像した。

冬馬は、別の座敷に移り、為之丞、周一郎と茶漬けを食べた。志津が翳す手燭の明かりを頼りに、木戸より横道にでた。土屋様、と声をかけられ、誰かと見ると、明神下の吉弥が立っていた。

「今川橋辺りまで御送りします」と云う。暗い中で表情が分らない。

冬馬が、

「吉弥、何かあったか」と尋ねると、吉弥は、

「御新造さんより、お話がありましたか」と云う。

「いや、なかった」と返事した。

この日の昼すぎ、志津と吉弥が勝手口で立ち話をし、この数日、忠三が帰らないばかりか、藤木屋の清一も帰っていないことを、土屋様の御耳にいれておこう、と相談したのである。志津は、婚約の申し入れがあり承諾した、このおめでたい日に、好ましくない話をするのを憚って、何も云わなかったのである。

吉弥は、やはり合点がいかない口調で、

「お聞きでなければ、申し上げます。十月尽日より、手代の忠三がでていったきり帰ってきません。忠三も心配ですが、藤木屋の惣領息子の清一さんも同じようにでていったきり帰っていない。今日で五日になり、藤木屋の御新造さんは半狂乱のようですとか。あっしが調べましたら、二十九日夜、日本橋南詰の蕎麦屋の二階で二人が会い、その後でどこかへでていった。蕎麦屋の女中がちらっと耳に挟んだのは、小豆沢《あずさわ》へいくとか、麻布へいくとか、何とも曖昧な話でございます。小豆沢は一面田圃ですし、麻布はこれは武家地ですから、全く見当のつかないことでございます」と云うのである。

二十

麻布は、外濠の外、御城より南西の台地の上にある。ここは台地と谷が入りくみ、坂が多い。地形が複雑なため、道筋も複雑である。多くが武家地で、その間に寺院が点在している。台地の中央より南に、仙台伊達家の下屋敷や、盛岡南部家の下屋敷がある。どちらも広大である。南の端にこれもかなり広い、土浦土屋家の下屋敷がある。

土屋学渓の下屋敷は、北西の端の龍土町にある。およそ三千坪で、南と西の二方は大名屋敷、北と東の二方は旗本の屋敷に囲まれている。

十一月八日の午後、今日も晴れた日である。冬馬は、神田橋門外の町家で着替え、供の者を屋敷に帰した。麻布にいくと帰りは遅くなるから、町家に屋敷より馬を用意し、馬でいこうかと考えたが、暗闇の麻布を馬で行き来するのは危険だ、と思い中止した。万が一を用心して、為之丞、周一郎に加え、皆川修輔を供にした。

七ツすぎ、龍土町につき、下屋敷の門番の小者に来意をつげると、用人の津川八十郎があたふたと姿をみせた。冬馬は、すぐ書院に通された。

学渓が機嫌よくでてきた。袴はつけず、縞御召の小袖に絹物の綿入れの羽織を羽織っている。冬馬が挨拶する前に、

「冬馬、珍しいな。御城が忙しかろうに」と、先回りした。

冬馬は一揖して、

「御壮健の御様子、何よりでございます」と挨拶した。そして学渓が夏の借米、冬の切米を番町に回してくれた御礼を述べた。

「番町は百数十人の大所帯ゆえ、不作の今年は米に困ろう。それより健次郎の元服が首尾よくすんで、主殿頭の家来に目をつけられる虞れがなくなった」などと云う。

冬馬が何気なく、

「麻布は屋敷中ひっそりして、時が止ったように思えます」と、鎌をかけた。

学渓は、そうでもないぞ、と云う。

「十月尽日の夜、賊が入り物置に火をつけた。めらめら燃え上ったような音を感じ、予は寝床より起き上ると、中庭が明るい。賊の一人が台所の戸にも放火した。勝之輔と貞蔵が賊二人を、その場で斬り捨てた」と云うのである。

堀田勝之輔、中之原貞蔵は、どちらも中小姓である。

冬馬が、

「物置は消火できましたか」と尋ねると、学渓は、他人事のように、

「燃えるものだな。物置を一つ、燃してしまった」と云う。

学渓は、

「それが不思議だ。二人とも武家でなく、町人だ。町人に屋敷に入られ、付け火をされるとは、分らぬ話だ。一人は若い男で、この者が台所の戸に放火した。一人は手代風の小男で、三十の半ばだろう。この者が逃げようとして匕首《あいくち》を振り回した」と云うのである。

冬馬は、この二人が、吉弥より聞いた、清一と忠三に違いないと確信した。忠三は木曽屋の手代にすぎないが、藤木屋の清一が果して弥生と何の関わりがあるのか。軽率なことをしたとはいえ、無惨なことである。冬馬は、弥生と婚約したことを報告しようと思っていたが、今日は云ってはならないと自制した。

わざわざ麻布にきたのは、学渓に米の礼を云い、弥生との婚約を報じる積りが、一つが駄目になった。冬馬は仕方なく、
そういえば、数日前、

「尾州犬山の成川厳山様が、番町に御来訪くださいました」と話題を転じた。

学渓が、えっ、という顔付きになった。

「厳山殿がお越しになった」と、冬馬の顔を見て、聞き返した。

冬馬は、

「厳山様は、祖父様《おじい》と話す機会がなく打ちすぎた、と惜しんでおられました」と、聞いたままを伝えた。学渓は頷き、

「隼人正は若いが、傑物だ。若い、というは、予より若い」と云うのである。学渓は正徳元年の生れで、今年七十三歳である。

「隼人正は、享保五年か六年の生れであろう。予より十歳《とお》くらい若いはずだ」と云う。

「成川は譜代の名家である。然るに尾州家の附家老なぞして、中央の政治に与《あずか》ったことがない。附家老でなければ、あの者なら立派に老中を務められるものを、惜しいことだ」と云う。学渓は、厳山の生来の境遇を遥かに凌駕する実力を認めて、地位に恵まれなかったことを嘆いた。冬馬は、学渓が旗本に生れた自らを語っているように聞いた。

学渓は、冬馬を正視して、

「隼人正、いや厳山殿が来訪されるとは、冬馬、そなた御城で何をした」と、これは正面より、孫に問い質した。

冬馬は、詳しく云えないため、

「祖父様御存じのように、目付の職は日々大童で目が回ります」と云うに止めた。

学渓は、

「尾州家の御為に尽力をしたのであろう」と、やはり血筋、鎌をかけてきた。

冬馬は、

「尾州家の御為を計ったのではありませんが、結果はそのようになりました」と、これは率直に答えた。

学渓は、冬馬は二十四か。自分が奔走して、若くして目付の職につけたが、この様子では、父の重直はむろん、自分よりも早く、二人の知らない、二人の及ばなかった高い地位に恵まれよう、と嬉しく頼もしく思った。望むらくは、頻回でなくとも、顔を見せに麻布にきてほしい。

年寄りの食事は早い。学渓は、

「冬馬、夕餉《ゆうげ》にしよう。ここで食べるか、予の居間で食べるか」と聞く。

冬馬は、学渓の居間にいったら、帰りが遅くなるのを知っているから、

「よろしければ、ここで頂戴しましょう」と云う。

学渓は、そうしよう、と云って手を叩いた。沢という、五十幾つかの上品な側室が座敷に入ってきて、冬馬に挨拶した。太縞の御召の小袖に帯は矢の字である。元は学渓の侍女だった女性である。沢は承知し、すぐに、と返事した。暫くして、沢は、若い女中と一緒に膳を運んできた。

膳の上を見ると、野菜三種の甘煮《うまに》、鱸《すずき》の塩焼き、スッポンの鍋、ネギ入りの味噌汁などがのせられている。スッポンの鍋は、スッポンを醤油と味醂で味付けし、米飯をいれた鍋で煮込んだものである。沢が学渓の側で酌をし、若い女中が冬馬の側で酌をした。学渓は終始、上機嫌で、飲食しながら、冬馬に色んなことを質問した。

冬馬は、六ツ半頃、下屋敷を辞去した。龍土町はじめ、麻布の台地は、暗闇がすっぽりと包んでいた。津川八十郎が門の外まで見送り、三つ石畳の家紋を書いた提灯を、為之丞と周一郎に一つずつ渡した。冬馬は、麻布より赤坂にでて、それより外濠を回り、一里半の夜道を歩いて、およそ五ツ半か、牛込門の見附についた。

牛込見附は、三千石以上の旗本が警固に当っている。外濠にかかる木橋を渡ると、高麗門があり、門は開いている。暗闇の枡形に入ると、頭上に櫓門の白壁が浮き上る。櫓門の潜り門を叩くと、見附番所の不寝番が潜り門の向うより、誰が通る、と誰何《すいか》した。為之丞

が近づき、

「御目付、土屋志摩守様が麻布より御屋敷に御帰りである」と、太い声でつげた。これを聞き、向うより恐るおそる、

「御門をお開け致しますか」と聞く。冬馬が、

「無用である。潜り門より入る」と返答した。

すぐ潜り門があけられた。番所詰めの旗本の家士が、行く手を遮った。為之丞が、家士のもつ龕燈《がんどう》の光の前に、冬馬の門鑑を示した。

番町の屋敷に帰りついた。為之丞、周一郎の二人が各自提灯を高く掲げ、門番所の小者を呼んだ。そのときである。長屋門の前にいる冬馬に向い、白刃を翳して二人の者が突進してきた。暗闇の中ながら、冬馬も、修輔も、耳元に異常な息遣いを感じた。修輔が、槍の石突きを以て、一人の体を突いた。急所に当ったか、この者は刀をもったまま道に転倒した。一人は、冬馬に斬り掛ったが躱されたため、再度斬り掛ってきた。冬馬も抜刀して身構えた。周一郎も抜刀し、冬馬の傍らに立った。

為之丞の掲げる提灯の淡い光の下、この者が若い浪人らしいことが分った。冬馬が、

「私を知っての狼藉か」と、強い口調で叱咤した。

この者は、必死の声にて、

「親の敵。この刀をうけよ」と、鋭い太刀筋で斬りこんできた。冬馬が、

「その方の名を名乗れ」と云うと、相手は刀を構えたまま、

「黒沼右近の一子、春一郎」と云う。

冬馬は、なるほど、と思った。右近は、冬馬が自分を追放した、と勝手に思いこんだに違いない。東海道を落ちていく途中、この者に敵を討て、とでも書き送ったのだろう。

冬馬は、

「怪我のないうちに、番町より立ち去れ」と、強く云った。

春一郎は、刀を構えたまま、じりじりと後退《あとずさ》りした。道に転がる浪人を助け起し、暗闇の中に消えた。

冬馬は三人を見返り、

「誰も怪我をしなかったか。あの者が私を尾行していたらしい。あの者は、妻木家の用人の子で、父親は二箇月前に追放になった」と、説明しておいた。皆、妻木家が冬馬の離縁した妻室の里だ、と知っていた。

九月四日の夕刻、妻木采女は、評定所より番町の屋敷に帰ると、もう一人の用人、西村

二十

兵庫介を呼び、半ば狂気のようになって、屋敷より黒沼一家の追放を命じた。采女の叔母と春一郎は、中小姓らに追いたてられ、逢魔が時の往来に放り出された。金子を少ししか身につけず、不愍なことだった。

春一郎と母は、右近の弟が住職の、下谷の廣延寺に転がりこんだ。九月十二日、右近の書状が届いた。書状は、土屋冬馬に嵌められた、と記していたのである。

二十一

目付部屋は、本丸御殿表向きの真ん中よりやや西に位置する。目付の職掌が政務の機密にも及んでいるため、目付部屋の出入りは、部屋の坊主のほか、奥右筆、表右筆、徒目付ら、特別の役儀の者に限られた。重職の三奉行でも、目付との用談は部屋の外でするのである。

目付の広範な職掌を十人の目付でこなすのは難しい。徒目付がこれを輔佐した。徒目付は御家人のつく役職で、定員は四十人である。徒目付は、玄関口にある当番所か、中の口近くの御用所か、どちらかに詰めた。なお、目付の命により、徒目付が文案の起草や旧規の調査をするときは、目付部屋二階の内所《ないしょ》という部屋に上った。

十一月二十日の午後、各自弁当を使い、煎茶を飲み、そろそろ午後の執務を始める頃である。井上図書頭の前に、徒目付組頭の石田修一郎が、配下の宮本勘左衛門と一緒に端座した。二人して何やら報告しているらしい姿を見ていると、図書頭が月番の末吉善左衛門と冬馬を見た。坊主が二人を呼びにきた。

冬馬と善左衛門が図書頭の近くにいき、黙って端座した。図書頭が石田、宮本を等分に見て、月番の者にも話してほしい、と求めた。四十台か、一見して、才走った石田が、

「では、御両所に申し上げます。我らの職掌の一端として、御重職の方々御登城、御下城のさい、御行列が平素と変りないか、数人の者が大手門の内外を巡検して、よく確認しております。然るに十日ほど前より、山城守様御下城のさい、御行列の後を浪人らしき風体の者が何人か、追っている様子がございます」と云う。

石田が宮本に目で、後を話せ、と指示した。宮本は三十を超えたばかりである。

「十一日でございましたか。吉川喜八郎、斎藤忠成の二人が、おかしいと気づき、この者らの後を尾けましたところ、この者らは山城守様が御屋敷に御入りになるまで後を追ったそうでございます。当番所でこの話がでましたため、十三日に拙者が吉川をつれ、この者らの後を尾けましたら、同じことでございました。昨日は拙者が吉川と、再度この者らの後を尾けましたら、山城守様御帰邸後もこの者らは御門前を去らず、二時《ふたとき》ばかり、御出門がないか窺っている様子がございました」と云う。吉川喜八郎も、斎藤忠成も、徒目付である。

善左衛門が、宮本、それは大儀だった、と労い、

「山城守様の御屋敷は、主殿頭様の神田橋の御屋敷か」と、石田、宮本に尋ねた。主殿頭の上屋敷は、大名小路の東端、神田橋門内にある。宮本が、

「山城守様は、本月の初旬、築地の中屋敷に御移転になられました」と返答した。

築地は、明暦の大火後の埋め立て地で、本願寺一つを別として、ほとんどが大名屋敷である。山城守は、部屋住みで屋敷がない。若年寄に就任し、役料は五千俵である。老中と同居しているのはおかしく、中屋敷か下屋敷へ移るよう命じられた。急遽、中屋敷に移転し、屋敷の増改築に掛ったのである。

図書頭が、四人の顔を見回し、

「何を目論んでいるのか分らぬが、浪人らに不穏な気配がある。さりとて、浪人らを捕縛する根拠も薄弱だ。我らがこれを察知した以上、山城守様にお知らせせねばなるまい」と発言した。

善左衛門が、やや慌て気味に、

「本日御退出の前、拙者らよりお伝え致しましょうか」と聞く。

図書頭が、善左衛門を見返し、

「御一人のときでなければならぬゆえ、本日は難しかろう。明朝、末吉、土屋が下部屋に

二十一

いき、お伝えせよ」と指示した。石田、宮本が、目付部屋より退出した。石田らは、山城守の供頭《ともがしら》に伝えることも考えたが、主人に伝わらないかと思い中止した。

十一月二十一日の朝、五ツ半、冬馬は、善左衛門と、本丸御殿の田沼山城守の下部屋に伺候した。善左衛門が、浪人体の者の尾行を話したところ、

山城守が、口元を歪めて、

「毎日、俺の行列の後を尾けている、と云うのか。酔狂な者がいるものだな。そなたらが案じてくれて礼を云う。何の、俺を尾けてきても何もできまい」と云う。その大きな体を揺すって笑いとばした。

二人が退出しようとしたとき、山城守がさりげなく、土屋に話がある、と云う。何の話か分らないが、冬馬は、そのまま残った。山城守は、心持ち声を落して、

「過日尾張中将が失態を演じた。そなたが止めに入って大儀だった。あれが刃傷に及んでおれば、これは見物だったろう」と、含み笑いである。

冬馬は、さすがに呆れて、

「そのときは、御体を損じておられましょう」と、軽い皮肉を以て抗議した。

山城守は平気である。

「そなたが中将を押えようから、予に怪我はない」と云う。

　冬馬は、山城守が自分流に礼を述べていると分った。話がすんだと思い、退出しようと頭をさげかけたら、山城守が近くにきて、

「頼みがある。明後日の夜、柳橋で商人どもが予の就任祝いの会を開いてくれる。そなた相伴してくれぬか」という、思いがけない提案である。冬馬は、

「山城守様御就任の御祝いに、私まで御招きに与り光栄でございますが、私、目付の職にある以上、商人と付き合いはできません」と、はっきり断った。

　山城守にとって、冬馬の謝絶は初めより織りこんでいた。職位も年齢も経験も、相手が下である。

「目付も世間のことを知っておかねばならぬ。若年寄の予の相伴だ。横槍が入る気遣いはない。何なら予の身辺を警固する、という名目で相伴してくれ」と、熱心である。

　冬馬が無言でいると、

「殿中は凡人か愚人が多く、相伴に誘いたい者が見当らぬ」と云う。

「山城守様が卓越されていますため、そのように見えるかもしれませんが、優れた御方は多数いらっしゃいます」

「明後日の夕刻、神田橋の屋敷より七曜の駕籠を回そうか」と申し出た。七曜は、田沼家の家紋である。冬馬は、

「それには及びません。私でよろしければ、参りましょう」と云うほかなかった。明日中に山城守の用人より、時刻、場所など詳細を知らせる、と云う。

十一月二十二日の七ツ頃、冬馬は、番町の屋敷に帰った。八重が手伝い、着替えていると、居間に頼母がきて、昼頃築地より書状が届いたと云う。田沼様の御用人、谷川又五郎殿なる人の御使いが本書状を届けられた。御使いの武士は至極鄭重な態度だった、と云うのである。

冬馬が披見すると、二十三日暮れ六ツより、柳橋の凡亭《ぼんてい》にて若年寄就任の御祝いの会が開かれる。この会の世話人は、大口屋治兵衛、大口屋八兵衛、大口屋金之助、および大口屋開三郎、と記されている。冬馬は、開三郎の名を見て、前に吉弥より聞かされた辣腕の札差だな、と認識した。

冬馬は、八重がお茶をおもちします、と云うのを断り、頼母に命じて、森酉之祐、浦田為之丞、桑野周一郎、皆川修輔を三の間に呼び集めた。酉之祐がすぐきて、冬馬より書状を見せられた。酉之祐は一見し、嬉しそうな顔をした。田沼様の御相伴だと聞くと、単純

に舞い上った。

「冬馬様。これは大変ありがたい御話でございますね」と云う。

冬馬は渋い顔で、

「皆が揃ったら話すが、虎の尾をふみにいくようなものだ」と喩えてみせた。西之祐には意味が通じなかったらしく、

「柳橋には梅川、万八、亀清《かめせい》がありますが、凡亭というのは聞きません。大口屋治兵衛と申す者は、十八大通《だいつう》の筆頭でございます」と云う。西之祐は、世情に通じていた。

冬馬が、大通とは何か、と聞くと、

「吉原の茶屋遊びの通でございます」と云う。

頼母が、為之丞、周一郎をつれてきた。修輔も参ります、と云う。程なく、三の間に皆が揃った。冬馬は、近習の沢口伊織を西の居間にやり、御用待ちに控えていた八重と萩野を追い払った。同じ近習の中村東一郎に命じて、別棟にくる廊下を閉鎖した。冬馬の常にない神経の配り方を見て、皆が顔を見合せた。

冬馬が、ぐるっと皆を見回し、

「面倒なことになった」と云う。

頼母はじめ、皆が冬馬を見た。冬馬は、

「私は明晩、田沼様の御相伴で柳橋の料亭にいく。帰途、おそらく田沼様は浪人らに襲撃されよう。警告したが、田沼様は笑いとばされた。襲撃に会うかどうかは、まぁ五分五分だが、襲われれば御命が危うかろう」と、悲観的な見通しを述べた。

思いがけない話に、衝撃が走った。頼母が口を開き、

「田沼様を襲う者がおりましょうか。どこの誰でございますか」と聞く。

冬馬が首をふり、

「どこの誰か分らない。浪人らが誰に使嗾《しそう》されているのか、背後で誰が糸をひいているのか、皆目分らない。私の見るところ、明晩、五分五分で襲撃がある」と、昨日来思料するところを、率直に披露した。

伊織が燭台をもってきた。冬馬の傍らにおくと、座敷よりでていった。皆、絵蝋燭の炎が揺めくのを見た。

酉之祐が、幾分か吃り気味に、

「御駕籠の側は、十人、十数人の御供が固めておられましょう」と云う。

冬馬は、

「昔、祖父《おじい》様がよく仰せだった。四十七士の夜討ちにあい、撃退できる旗本屋敷は一つもなかろう。小大名でも怪しい、とよく仰った。明晩の田沼様の駕籠がそれだ。襲われれば撃退は難しかろう」と云う。

頼母は、冬馬が目付の職にあり、その者らの動きを何か摑んでいると考え、

「何人が行列に斬りこむのでございましょう」と聞く。

「私も分らないが、三人か四人、多くて五人、と思う。四人も斬りこめば、田沼様の方は防げまい」と、突き放した。

冬馬は、皆が分るように、

「五代様の柳沢美濃守、六代様の間部越前守は、どちらも成り上りながら、大名取り潰しが多い中、多数の優れた家臣を集め、大名家としての体裁を整えた。ところが八代様より取り潰しがなく、俄か大名になった田沼様が家臣を集めようとしても、有象無象の者しか集められない。況して山城守様が神田橋より築地に何人の者をおつれになったか。明晩の駕籠も十人の御供がせいぜいだろう。御供に刀を使える者がいるかすら分らない。数人で斬りこめば、行列は壊滅しよう」と説明した。

頼母はじめ、皆が事態の深刻さを認識した。冬馬の立場の難しさも、およそ分った。

冬馬は、皆が分ったのを見て、

「そう、私が行《ゆ》き掛《がか》りで、助けなければならない。とはいえ、このようなことで家中の者を一人として負傷させられない」と云い、そのため供の人選をする。考えてみたが、供として、修輔はじめ、周一郎、清野幸三郎、橋川彦之進の四人に頼む、と発表した。

為之丞が収まらなかった。むっとして、

「冬馬様。拙者は御眼鏡に適いませぬか」と抗議した。

冬馬は、為之丞を見て、穏やかに、

「明晩は、命の遣り取りをする。そなたは妻子がある。今回は大事をとろう。修輔も月形に待つ人があると聞いているが、修輔の槍に敵う者はあるまい」と云う。

為之丞はなおも、

「拙者の刀がなまくらで、修輔の槍に劣ると聞えます」と、食い下った。

冬馬は、

「知ってのとおり、私は近々、木曽屋の娘を妻に貰う。婚約のときより、木曽屋は番町の飛地だと考えてほしい。明晩は明神下の吉弥も子分も、残らず、田沼様の帰る道筋に配置するため、木曽屋が空になろう。そなたは番町より何人か引きつれ、木曽屋に張りついていてくれ。これは重い役である」と依頼した。さらに直心影流の為之丞、周一郎、新陰流の幸三郎、彦之進、いずれも相当の遣い手で優劣はない、と云いそえた。

皆、尤もなことだと首肯した。為之丞も、納得し矛を収めたのである。

二十二

柳橋は、神田川が大川に合流する出口に架けられた橋である。元禄年間に架橋された頃は、川口出口の橋と呼ばれていたが、橋のほとりに多くの柳があり、いつ頃よりか柳橋と呼ばれるようになった。大川の西畔の、柳橋の北にある土地は、俗に柳橋と呼ばれ、江戸有数の花街を形成した。河畔に船宿が並ぶことでも、よく知られている。

十一月二十三日は、風のある、晴れた日である。八ツ半、冬馬は、御城をでた。神田橋門外の町家で羽織袴に着替え、供の者を屋敷に帰すと、待たせていた皆川修輔と、日本橋室町の木曽屋に向った。昼前、森酉之祐が木曽屋に出向き、本日座敷の一室を使いたいという、冬馬の書状を届けていた。

藤左衛門は木場にいっていた。志津は、書状を受けとり、何事かと思った。吉弥が明神下に帰っていたため、酉之祐は、すぐ木曽屋にくるよう、熊市を呼びにいかせた。午後になり、酉之祐が吉弥とひそひそ話しあっているとき、いつもくる為之丞が元気な若侍二人を同伴して、横の木戸に現れた。

志津は、弥生の輿入れの支度に考えることや、することが、数えられないほどあるような思いである。一方、兄の惣領息子の清一が失踪したことも、気掛りである。しっかり者の志津が齷齪《あくせく》しているところに、冬馬の書状が届けられた。落ちつかない気持ちで、午後を過した。

七ツ前、冬馬が来訪した。奥の客間に通り、座るや否や、志津に対し書状の内容を口頭で繰り返した。志津が、

「土屋様。今日は何事でございましょう」と、不安を押えて尋ねた。

「今晩、吉弥や下っ引きを借りますので、代りに、為之丞らに泊まりこませます。吉弥をずっと張りつけておくのも、気の毒です。時々は、家士を派遣したいと思います。お尋ねですが、何事もありません」と、我ながら不得要領である。

若い女中が茶菓をもってきたのに続き、弥生が客間に入ってきた。今日は、島田の髷をゆい、青地に花柄のある小袖に金銀の帯をしめている。青色の衣服を初めて見るが、美貌が冴えている。冬馬を見て、嬉しそうに微笑んだ。冬馬は、今日は練習の日ですが、休みます。五日後にきます、と言い訳をした。

木戸より、桑野周一郎、清野幸三郎、橋川彦之進の三人が入ってきた。冬馬は、座敷を

移り、修輔を合せ、五人で打ち合せをし、七ツ半頃、木曽屋をでた。木戸番をしているのが、柴田小弥太である。為之丞が、小弥太と中川八太夫をつれてきたという。町中の大店が珍しいらしく、若い小弥太は興味津々、明るい顔である。

暮れ六ツより早く、柳橋につき、凡亭に入った。すぐ日が没して、辺りは夕闇が迫ってきた。花街の往来には人の行き来があり、河畔に並ぶ料亭の明かりが大川の川面に映っていた。凡亭は、河畔の一番奥の、真新しい料亭である。中は、どこもかしこも、新しい木の香が匂った。

冬馬が玄関に入ると、仲居が主人を呼んだ。主人がきて、土屋様でございますか、これは御出でなさいまし、と下にもおかぬ態度で三階に案内された。

最上階のため、二室しかない、と云う。階段に近い部屋に通された。奥の部屋は、田沼山城守にあてられた部屋だろう。修輔と一緒に、自分の部屋に入ってみると、入口の間に続き、十二畳の座敷がある。主室の襖をあけると、奥にも部屋がある。これは寝室に使うらしい部屋である。修輔に、五ツに主室に集るよう命じた。

主人の案内で、二階の広間に通された。大川に面し、三十畳はありそうである。世話人の四人は、揃っていた。冬馬が世話人と挨拶を交しているとき、遠く玄関より多数の声が聞こえてきた。主賓の山城守が到着したのである。主人が慌てて階下に降りていき、二階の広間に山城守を案内してきた。

山城守が傲然と登場した。冬馬を見て、

「土屋、きてくれたか」と云う。

山城守は、床の間を背にして上座に座った。大口屋の面々が急いでその前にいき、順に挨拶した。年嵩の治兵衛は、若年寄御就任の御祝いを洒脱に述べた。五十歳前後の八兵衛と金之助は、追従笑いと揉み手を以て、たらたらと御祝いを述べた。四十台半ばの開三郎は、高慢な態度を隠しもせず、御祝いの言葉を述べた。

山城守は、面々の就任を祝う言葉を聞いた。一通り聞き終ると、座敷の脇にいる冬馬を見て、土屋これえ、と云って、自分に並ぶ上座の席を指示した。二人の前に、世話人四人が向いあう図になった。治兵衛が手を叩くと、襖があいて芸者が入ってきた。若い芸者が愛想よく、一人ずつ、主客一人一人の側に座った。

芸者は治兵衛が采配して、山城守には柳橋一の美人として名高い中村屋の茂登《もと》、冬馬には凡亭の直次《なおじ》がつけられた。冬馬が見ると、直次は十七か八、瓜実顔《うりざね》に中高《なかだか》、濃い眉の下に、切れ長で黒目がちの目があり、高い鼻におちょぼ口である。潰し島田の髷に花の飾りをつけている。

酒と料理がでた。一の膳に鴨の煮付けと、鶉卵と柚豆腐がのせられ、二の膳に刺身湯葉とかんぱちの炙りと、伊勢海老の磯焼きと塩ふき銀杏がのせられていた。治兵衛が頃合いを見て手を叩くと、二つの膳がさげられ、新たに一の膳に鮑の刺身と子芋の甘煮、二の膳に小鯛の天麩羅と最上の赤だしをのせたものに取り替えられた。

酒が進むにつれ、八兵衛や金之助の、臆面もない追従やおべっかが繁くなった。二人は満面に笑みを浮べ、

「田沼様。田沼様は親子で、何と御老中、若年寄の座を御占めでございます。お次は親子で御老中様という、前代未聞の快挙でございましょう」と媚びてみせる。

山城守は心地よさそうに、

「それはない。父上が引かれて、そこで、予が老中職につこう」と云う。

二人は揉み手をしながら、へらへらと、

「御老中に陞られるのは、五年後でございましょうか」などと諂《へつら》う。

山城守は、茂登に酌をされた盃を口に運び、

「できれば、そう願いたい」と云う。

冬馬は飲食をしながら、斜め前に座る開三郎が時折険しい目で自分を見るのに気づいていた。これは昌平坂の一件で、冬馬が弥生の拐かしを邪魔したことを根にもって、反感を抱いていようと推測された。すぐ後に分るが、開三郎は冬馬が直次を側におくことが気に入らない。直次は、治兵衛の持ち物で、左褄をとって日が浅い。開三郎は、治兵衛が直次を女にしたのは、今月に入ってのことだろうと睨んでいた。今夜は自分が直次を抱きたいと思っていたのである。

山城守は、十分に酒が回って機嫌よく、

「予が老中に就任する日は、土屋が若年寄に就任する日だ」と口走った。

冬馬は、直次の給仕で、ほとんど無言で飲食をしていた。酒はともかく、料理は旨いと思い、箸が進んだ。

札差も芸者も、皆の視線が、静かな冬馬に集中した。治兵衛が冬馬の方に体をむけ、

「田沼様の御言葉でございますゆえ、土屋様は五年後に若年寄に御就任。おめでたいことでございます」と祝いを述べる。

八兵衛や金之助が、へらへらと、おめでとうございます、と繰り返す。

冬馬は盃をおき、

二十二

「私は目付の末席、若年寄などとは無縁です」と、迷惑そうな顔付きをした。

山城守が冬馬を見て、

「土屋が現に予の横にいるのが、輝かしい将来を約束しているのだ。目付部屋は年配の者ばかりいるが、若い土屋の実力を超える者はない」と明言した。

治兵衛は、俄かにこの若者に関心をもった。山城守様の御気に入りなら、我らが親しくしておいて、損はない。

「土屋様は文でございますか、武でございますか」と聞く。

山城守も興にのって、

「土屋は文武両道が使える」と云う。

冬馬は態《わざ》と話を逸し、

「今夜は山城守様の警固を仰せつかりました」と云って、脇差の柄を打った。一尺五寸の業物をさしてきた。これなら刀と渡りあえるが、座ると医師がさす刀と同じように、鞘が体より飛びだした。

治兵衛は目敏く、

「それなら誰が斬りこんできても、撃退していただけましょう」と云う。

山城守が、口元に皮肉な笑いを浮べ、口を滑らせた。

「土屋は、過日、昌平坂で不逞の浪人を斬り捨て、拐かされる町娘を助けた。何とかいう有名な大店の娘だった」と補足した。

冬馬は閉口した。現に目の前に拐かしの黒幕がいる。見ていると、開三郎の顔の筋肉が激しく痙攣《けいれん》し、体が震えている。冬馬は、開三郎が知らなかった、のだと知った。開三郎の傍らの芸者が、開三郎の様子に不思議そうな表情である。

治兵衛は、この落ちついた若者が公儀の重職だということに一驚しているのに、町娘のために浪人を斬り捨てたという。治兵衛は、好感をもった。

冬馬や開三郎の思いを余所《よそ》に、凡亭の主人がきて、今夜は珍しい御飯でございます、と口上を述べた。仲居らが人数分、三の膳を運んできた。この膳には白い綺麗な磁器の皿がのせられ、皿の中には握った鮨が五つあった。鮨種の魚は、きらきら光る青い背に黒点が細かく並んでいる。

山城守が酔った目で、

「治兵衛、これは何という魚か」と聞く。治兵衛が心得て、

「田沼様。小鰭と申します。小鰭の鮨は美味でございます」と返事した。

山城守が一つ口にし、これは旨いな、と褒めた。二つ食べた。

そうこうしているうち、およそ一時《いっとき》近い時間が経過した。広間には柳橋の一流の芸者がいながら、芸を披露することなくお開きになった。山城守が引きあげるので、冬馬も札差と一緒に敷居際にいき、鄭重に見送った。治兵衛が重そうな包みを、御祝いとして、供の侍に手渡した。

冬馬は、治兵衛ら四人に挨拶し、広間を引きあげた。治兵衛が直次に、土屋様の御土産と称して、包みを手渡した。直次がこれをもったため、仲居の一人が三階への案内に手燭をさげた。仲居、直次、冬馬の順に階段を上った。三階の廊下も暗く、廊下の奥の部屋の前には、山城守の家臣が二人、端座しているように見えた。

階段に近い部屋に入ると、行灯の光が座敷の中を照していた。淡い光の中に、酒と膳の支度がしてあった。主人に預けた泉州堺の無銘の業物が、知らない間に刀架にかけられていた。一枚ずらした襖より、奥の部屋に敷かれている寝具の端が覗いた。今少し、芸者と酒を味った後、奥の部屋で同衾するのである。

冬馬は、初々しい直次を見て、

「私は田沼様の御帰りの直後、引きあげよう。それまで、少し酒をつきあってほしい」と

丁寧に云った。直次は驚いた顔をし、

「土屋様。あたしはお役に立ちませんか」と聞く。

冬馬は、そういうことではない、と答えた。直次が、

「開三郎という旦那が、あたしの顔を睨んでいたのにお気づきでしたか。あたしを抱こうと、毎晩のように凡亭にお越しです」と、挑発気味に云う。

「そなたを睨んでいたのか。睨まれているのは、私かと思った」

直次は、さも嫌そうな表情をして、

「あのぎらぎらした顔。中でも目付きが嫌らしい」と云う。

冬馬は、驚かさないようにと思い、

「間もなくここに私の供の者がくる。そなたは知らない顔をしていてほしい」と、これも丁寧に頼んだ。

直次は、何が始まります、と聞く。冬馬は、ここでは何も起きない、と答えた。

「では、その前にお渡しします」と云って、土産の包みを畳に滑らせた。冬馬が、中身は何かと聞くと、金子だと思います、と答えた。

「悪いが、私が引きあげた後、そなたより主人に云って、大口屋の者らに返してくれ。私

は目付の職にあり、受けとることができない」と依頼した。

そこに、暗い階段を足音を忍ばせて上ってきた修輔、周一郎、幸三郎、彦之進が、襖をあけて入ってきた。襖をしめたのは、吉弥である。

幸三郎、彦之進がそれぞれ入口の間、座敷の敷居際に腰を下した。残る二人が、冬馬の左右に座った。

吉弥が側にきて、

「土屋様お睨みどおり、田沼様の御駕籠は築地より尾けられました」と囁く。冬馬が、

「何人だ」と聞く。四人です、と答えて、

「熊がその後を尾けてきました。両国広小路で、暗い中あっしも見ましたが、皆、腕利きの浪人のようでございます」と云う。

冬馬が、

「どの辺りで駕籠を襲うか、そなた見当がつかないか」と、吉弥の意見を求めた。

「御駕籠が帰りも、行きと同じ道筋を御通りなら」と、思いを巡らした。

三階はごくひっそりしているので、二人の小声が皆の耳に、はっきり聞こえた。淡い光の中、直次は青ざめた。田沼様の御駕籠が襲われるというのである。

吉弥は思案しながら、

「浅草橋より広小路を通り、馬喰町《ばくろちょう》でございます。馬喰町一丁目は、東側に円通寺の土塀が続き、片町になっております。この辺りは暗く、人通りはありません。待ち伏せはここでございましょう。もう少し先、小伝馬町《こでんまちょう》の牢屋敷の辺りで待ち伏せするかもしれませんが、まず円通寺の辺りでございましょう」と云う。

冬馬が引きとり、

「分った。熊市らを広小路、馬喰町に手配りしてくれ。我らは、田沼様の駕籠がでた後を追いかけ、浪人らが斬りこんだら、側面より斬りこむ」と、皆に云ってきかせた。

五ツ半すぎ、山城守、茂登、家臣が廊下を通り、階段をおりる気配がした。冬馬と家士は、羽織を直次に預け、襷《たすき》をかけ股立ちをとった。

そのときである。入口の間の襖が静かにあけられ、誰かが忍んできた。幸三郎がその者の腰を思いきり蹴飛ばしたため、その者は敷居際に転げこんだ。見ると、抜刀した浪人である。修輔、周一郎が、

「冬馬様。こいつは誰でございます」と、同時に聞く。

冬馬は分らない。直次が傍らより、

「開三郎の旦那のお供です」と云う。

幸三郎、彦之進が両刀を取りあげ、縛りあげた。吉弥が、

「土屋様の御命を狙うとは太い奴だ」と云いながら、縄尻でなく、紐尻をとった。

玄関におりると、主人や仲居が、物々しい出で立ちを見て凍りついた。吉弥が、

「こいつを、朝まで預ってくれ。奉行所に引ったてる」と、主人に依頼した。主人は若い者を呼び、二人掛りで浪人を蔵の中に押しこんだ。主人は、御祝いの席で土屋様が警固を勤めていると仰ったのが、口先でなかったことを認識した。

直次に聞くと、この浪人は土屋様の御部屋に斬りこんできた、と云う。主人は、開三郎は嫌な客ながら、何かの誤りであってほしい。凡亭の評判に関わる。開三郎は確かに直次に執心である。しかし御公儀の御重職たる土屋様に刺客を差しむけるなど、考えられない話だと思った。

吉弥に案内され、冬馬は広小路にでた。成り行きといえ、学渓の教えに背き、山城守と交誼をもった。そのため危ない目に会うことになった。自分が負傷してもならず、家士を損じてもならない。雑念を払いながら、暗い馬喰町の通りに差し掛った。通りに下っ引きの和助がいて、御駕籠が疾《と》うにここを御通りです、と云う。

二十三

浅草橋より馬喰町、小伝馬町へと南西にいくと、本石町二丁目と三丁目の境で日本橋の大通りにぶつかる。換言すると、この境で、北東よりくる奥州街道と、北西よりくる中山道がぶつかる。山城守の駕籠は、奥州街道を通り日本橋にでて、東海道を通って尾張町の大通りで左におれ、木挽橋《こびきばし》を渡って、築地の中屋敷へ帰るのである。

十一月は降雨の日が幾日かあった。この日は一日よく晴れて、仰ぎみる月は、二十三夜の下限の月である。

山城守の駕籠は、十人の供侍に守られ、中間一人、草履取り一人を従えて、柳橋を後にした。昼間、芝居小屋、茶店、食べ物屋が並び、大勢の人で賑わう両国広小路も、夜間は真っ暗である。山城守は、浅い眠りの中にあった。酒の酔いや追従の言葉と、美人芸者の残り香が心地よかった。

月と多くの星が空にあるが、暗闇を僅かに仄暗くする程度である。突然、駕籠が地面に落とされた。眠りは乱暴に妨げられた。駕籠の周りで数人の声がした。

「御駕籠を固めよ」と、口々に云う。

「襲撃は小人数だ。斬り捨てよ」という、勇ましい声が聞えた。

山城守は、傲慢さと賢明さを併有していた。警告を等閑《なおざり》にしなかった。柳橋に出かけるさい、神田橋の上屋敷より、田沼家の剣術指南役、矢田政之輔を借りてきた。神道無念流の達人である。二人や三人に囲まれても、難なく撃退する。この夜、行きも帰りも、先頭をいく七曜の提灯をもつ中間の、すぐ後を歩いた。

駕籠が馬喰町一丁目に差し掛ったとき、円通寺の土塀の陰より四人の浪人が現れ、駕籠を襲った。矢田が直ちに抜刀し、前方よりくる二人を阻もうとした。十分な自信で、二人の前に立ったとき、暗闇の中を何かが飛んできた。むろん、避《よ》けた。避けたところに何かが飛んできた。二人が同時になげたのである。顔にぶつかった途端、目が痛んだ。目潰しを食った。卑怯な、と思ったとき、頭上に大きな衝撃をうけた。刀を一合も合せることがなく、矢田は絶命した。

暗闇でも目を凝《こら》せば、人の姿、物の形は見える。矢田が斬られた。他の供侍は抜刀したまま、動きが硬直した。戦意を喪失し、次々に斬られていった。

山城守は、誰かに襲われた、と知った。急ぎ外にでて、刀を身に引きつけたとき、劣勢であることを認識した。剛毅な性格ながら、何をどうしてよいか、分らなかった。自分の傍らに供侍が四人か五人か、抜刀して守ってくれているが、当てにならない。じりじりと押されている。

そのときである。周りを囲む浪人の一人が、ぎゃっ、と叫んで倒れた。白い襷をかけた武士が短槍を浪人の腹に突きたてた。いつきたのか、白い襷掛けの武士が数人、襲撃した浪人の背後にいた。襷の武士は皆、抜刀して、二人、三人と斬り捨てた。僅かの間に四人を倒してしまった。

山城守は、ほっと一息ついた。暗闇の中より聞きなれた声で、

「山城守様、御怪我はありませんか」と聞く。

土屋だ。志摩が助けにきてくれた。近くで見る顔が頼もしい。

「土屋か。怪我はない」と云う。

このとき暗闇の中を音高く、ぴぃー、と呼子が吹き鳴され、呼応して、離れた地点でも音高く呼子が吹き鳴された。予期したことであり、冬馬が暗闇を透してみると、町家の側より、三人が抜刀し押しよせようとしていた。笛の音に驚いたのか、新手は引き返し暗闇の中に消えた。

二十三

中間と草履取りのもつ二つの提灯の明かりで、周一郎、幸三郎、彦之進が、負傷者の疵を調べた。矢田政之輔と二人は即死と見たが、二人は息がある。一人は肩を斬られ深手である。一人は股を斬られていた。和助が急いで町医者を呼びにいき、周一郎が刀の下緒《さげお》を解き、足の付け根を縛った。

冬馬が山城守に、

「もう襲撃はありますまい。私の家士を警固につけますので、山城守様は御屋敷に御急ぎくださいい。ここの始末は私がします」と、強く促した。

「土屋、頼む」と唇を震わせた。

打ち合せどおり、冬馬、修輔、吉弥が馬喰町の通りに残り、周一郎ら三人が駕籠の前後を固めた。呼子の二人、熊市と為八は、引き返した新手の後を尾けていった。打ち合せと大きく食い違ったのは、冬馬らが襲撃に間にあわなかった。山城守の供侍にも、死傷者をだしたくなかった。

暫くして町医者がきたが、深手の供侍は助からなかった。吉弥が凡亭に走って、若い者を数人借りてきた。若い者がもってきた戸板で、浅手の供侍と死体を運んだ。この供侍には町医者が付き添った。若い者には夜遅く飛びこんできた汚れ仕事ながら、吉弥が預った財布より一分金をばらまいたため、皆、黙々と働いた。

冬馬と修輔が番町の屋敷に帰ったのは、深夜、四ツ半近くである。開いた潜り門の左右に門番や中小姓がいた。燭台の明かりの中、玄関には頼母と酉之祐が待っていた。

頼母が、冬馬らの無事な姿に安堵して、

「冬馬様。御怪我はございませんか」と聞く。

「私も家中の者も、怪我はない。周一郎らは田沼様の駕籠を警固していった」と云う。

酉之祐が、ならば田沼様も御無事でございますか、と尋ねる。

「田沼様も無事だが、我らに手違いがあり、御供の半数が斬られた」と、声が沈んだ。

頼母が、とりあえず御休みくださいませ、と促した。

二十四

　十一月二十四日の朝、冬馬は、明けやらぬ六ツ前に起床した。寝たりず、少し頭が重いが、することが幾つもある。頭が重いのは、昨夜、自分も浪人一人を斬り捨てたせいかもしれない。暗闇の中、透してみると、中年のかなり大きな男が、冬馬に一太刀斬りこんできた。これを躱し、袈裟懸けに斬り捨てたとき、男は悲痛に顔を歪めた。

　五ツ頃、登城の支度を整え、三の間に頼母、酉之祐、山元太郎左衛門を呼んだ。二人の用人は心配そうな顔付きである。冬馬が、

「頼母、金子を用意してほしい」と云う。

　頼母が、

「いか程でございます」と聞く。冬馬は、

「四十両頼む。酉之祐は朝のうちに、まず凡亭にいき、昨夜の迷惑料として主人に十両を渡してきてほしい。次に馬喰町の円通寺にいき、吉弥がぬかりなく立ち働いたことと思うが、浪人の死体の回向料として住職に十両を渡してきてほしい」と云う。

冬馬は、太郎左衛門には、

「太郎左も朝のうちに木曽屋にいき、内儀に会い、迷惑料か、為之丞らの賄料か分らないが、二十両を渡してきてほしい。木曽屋に為之丞がいるから、昨夜の始末が終らないのでもう一晩か二晩、そこに泊るよう云ってくれ」と指示した。しかし太郎左は何も知らないことに気づき、

「番町の家士の賄料だと云ってくれ」と、云い直した。

頼母は、蔵に何千両もある木曽屋にとって、二十両など端《はし》た金である。冬馬様の律儀な性格が表れていると思い、何も云わなかった。

冬馬は、頼母に向い、

「私は月番だが、なるべく早く、七ツには帰ってくる。周一郎らが帰ってきたら、そなた事情を聴取し、対処することがあれば対処してほしい。吉弥か下っ引きがきたら、これは何も聞かず、辰の間にあげ、待たせておいてくれ」と、云い含めた。

冬馬は直ちに登城し、五ツ半頃、本丸御殿に入った。目付の下部屋の刀架に一振りの刀も見当らず、目付部屋にいくと、坊主のほか、誰もいなかった。同じ月番の末吉善左衛門より早く入室した。若い坊主の供する煎茶を、ゆっくり味った。昨夜の騒動が嘘のように

思われる。

昨夜の襲撃があっての今朝である。山城守が登城してきたか気に掛るが、冬馬は月番の勤めをこなすうちに忘れてしまった。午後になり、老中や若年寄が御用部屋より退出するとき、冬馬は善左衛門とともに、檜の間で、西の丸目付の犬養市郎兵衛、安東半左衛門と用談していたため、見送りをしなかった。

冬馬は、七ツに屋敷に帰った。空はどんよりとし、今にも崩れようとしていた。玄関に出迎えたのは、頼母である。居間までついてきて、

「昼すぎ、田沼様御用人の谷川又五郎殿が御来訪になりました。昨夜のことにつき、志摩守様にくれぐれも御礼を申し上げてくださるよう、言上がございました」と云う。

ちょうど萩野が入ってきたが、どうしてよいか、困っている。冬馬は頼母を見て、すぐ着替えていくから待つように云い、気温が低いが、構わず小袖と袴になった。

脇差をさして三の間にいくと、頼母が、冬馬の前に茶鼠《ちゃねず》色の包みをおいた。冬馬がこれを見て、何か、という顔をした。

「田沼様より、昨夜の御礼でございます。冬馬様の御意向が分りませんので、一応お預りしました」と云う。

「中身は何か」

「ずっしり重く、金子でございましょう。頂戴してよろしいのかどうか」と聞く。

冬馬は、包みが違うが、中身は昨夜凡亭で大口屋より山城守に贈られたものだ、と推測した。これは、目付の職掌と関係がない。貰ってよい。

「貰おう。我らも、行き掛りといえ、命の遣り取りをした」と云う。幾らあるかと尋ねると、包みと桐箱をあけ、五百両でございます。

冬馬は、ちょっと考えて、

「これは礼のほか、箝口料が含まれていよう」

かんこうりょう、でございますか、と聞く。

「口止め料だ」

頼母が、膝を打った。

「確かに。谷川殿は殊の外、昨夜の後始末について、詳しくお知りになりたいように拝見しました。拙者の知る範囲で、今朝のうちに凡亭や円通寺に手を打った。襲撃が表沙汰になる虞れはありませんでしょう、とお話しますと、非常にお喜びでございました」

「そうだろう。若年寄に就任早々、正体の分らない浪人に襲撃されたとあっては、恰好がつくまい」と、思わず苦笑した。

　頼母が、桐箱より覗く金子を見て、冬馬を見た。冬馬は、

「今朝の四十両はこれより穴埋めし、修輔、周一郎ら四人、為之丞もいるぞ、二十両ずつ配付する。私、そなた、酉之祐も忘れず二十両とろう」

「拙者は働きがありません」と辞退する。

「それは違う。それに吉弥と下っ引きがいる。よく働いた。四十両にしよう。そなた、皆に配ってくれ。このような金子は、残すものではない」

　頼母は、冬馬様の遣り方は、麻布の学渓様に似ている、と思った。

「仰せのようにします。申し忘れました。吉弥が下っ引きをつれ参っております」

　冬馬は、

「そうだ、周一郎らは築地より帰ったか」

「帰ってきました。先に呼びましょうか」と聞く。

「吉弥の方が気に掛る。吉弥らをここに通せ。金子はすぐ、そなたより配付してくれ」

　頼母が桐箱をもって退出した。八重が顔をだし、

「冬馬様。お茶をおもち致しましょうか」と聞く。

冬馬は頷き、町の者にもだしてくれ、と頼んだ。自分でも、今回のことで喋りすぎだと思う。のどが渇く。

吉弥と熊市が、近習の中村東一郎に導かれ、三の間にやってきた。入ってくれ、という声で座敷に入ってきた。二人とも、こざっぱりした木綿の羽織、小袖である。

八重が茶菓をもってきた。煎茶と餅菓子である。二人は、紅赤の矢絣の小袖に梅鼠色の帯をしめた、八重の匂いたつ美しさに、言葉を忘れた。

「吉弥、報告を聞こう」

「土屋様。ただ今、御用人様より大枚を頂戴しました」と云う。

「吉弥はじめ皆がよく働いてくれた。皆、徹夜で眠かろう」

「いえ、昼前にぐっすり眠りました」と、吉弥が云う。

吉弥は、そうそう、お財布をお返しします、と云って冬馬に財布を返した。

「凡亭も円通寺さんも、余計なことを云わぬよう釘をさしてございます」と云う。

「今朝、番町よりも酉之祐がいき、念をおしておいた」

吉弥が、きっとした顔付きになり、

「昨夜の新手は、歴《れっき》とした武士でございます。浪人が斬られたと見て、巻き返しを図った

ものです」と云う。冬馬が、

「そなたらの呼子で、奉行所が出張るかと思い、尻尾を巻いたのだ」と云う。

吉弥が、後は熊よりお話致しますと云って、熊市を見た。熊市が、

「三人の侍は片町の町家の脇に羽織をぬぎすて、浪人を助けに斬りこもうとして、土屋様仰せのとおり、奉行所がくるかと恐れ、退散しました。あっしと為が尾けました。三人は神田川に戻り、川沿いを昌平橋より本郷通りにでて、加州様の御屋敷沿いをいき、水戸様の中屋敷に入りました」と報告した。冬馬は、薄々予期しないでもなく、

「水戸様の中屋敷に誤りないか」と確認した。

「確かに、水戸様の御屋敷でございます」と明言した。

冬馬は、熊市の言葉を反芻し、

「二人に苦労をかけた。熊市も為八も、このことは秘してくれ。噂になっては、大騒ぎになる」と他言を禁じた。

「分りました」と云う。

吉弥が声を落し、

「あっしも驚きました。事が事でございますので、和助にも黙っております」と云う。

冬馬は、二人の前ながら、

「後を尾けていくしかないが、尾ければ尾けたで、困ったことになった」と、言葉どおり困惑した表情を見せた。吉弥も熊市も、水戸様の家中の者が田沼様を襲った浪人の後ろにいた。この事実に驚愕し、黙って冬馬の顔を見ていた。

障子を隔て、中庭に雨音が聞えた。冬馬は、ともあれ皆、無事でよかった、と明るい顔を見せた。二人も、冬馬の笑顔に釣られて頬が緩んだ。

二十五

十一月二十七日の朝、冬馬は、前夜より城中に宿直し、目付の下部屋にある風呂で沐浴した。麻裃に着替え、目付部屋に顔をだした。五ツ半すぎ、円阿弥がきて、松平周防守様がお呼びだと云う。月番老中は久世大和守であり、周防守が自分に何用かと思う。大廊下を通り、日頃くることのない、老中の下部屋にいった。

下部屋の前で廊下に腰を落とし、御老中、と呼びかけると、部屋の中より、入れ、と返事があった。冬馬は、低い姿勢で入り平伏した。周防守は面をあげるよう促し、

「そなたが志摩か」と、穏やかに尋ねた。

「土屋志摩守でございます」と云って、静かに顔をあげた。

周防守は冬馬の顔を見て、

「幾らか先代の志摩に似ておる」と云う。

周防守は、背筋を伸ばし、心持ち姿勢を改めて、

「山城守がそなたに救われたという。予より礼を云う」と、頭をさげた。

冬馬は、周防守の息女が、山城守の正室であることに思い至った。

「山城守様、事なく、何よりでございました」と挨拶した。

周防守は、思慮深い顔で、

「初手よりこれでは、先行きが思いやられる。そなたが若いので驚いたが、若くても有能だと聞く。山城守を支えてくれ」と依頼した。

冬馬は、

「承知致しました」と請けあい、今一度平伏した。大廊下を戻りながら、これで井上図書頭の嫌う田沼派に仲間入りかと、憂鬱な気がした。

十一月二十八日の朝、冬馬は、鄭重な書状を一通、走り書きを一通書いた。一通は尾州の成川厳山あてである。登城する前、頼母に、今日麹町の厳山の屋敷にいき、明日の夕刻か、明後日の夕刻か御伺いしたく、厳山様の御都合を漏してほしい、という書状を家老に渡し、返事を聞いてくるよう命じた。

他の一通、走り書きは弥生あてである。これは、菊に頼み、朝のうちに木曽屋に届けるように云った。なるべく早く、七ツ前に行くが、今日の練習は先送りし、神田明神に参詣しよう、という誘いである。数日前の惨劇の後であり、練習の木刀とはいえ、ヤットウは気がのらない。

二十八日の午後、冬馬は、周一郎を供にして、木曽屋の木戸を潜った。弥生が奥の客間に入ってきた。今日は、島田の髷、真紅《しんく》地に花を散した小袖に鮮かな鬱金《うこん》色の帯をしめている。美貌が華やかである。今日は外出する。冬馬様と一緒に外出する。弥生は嬉しくて堪らない。

吉弥を案内人にして、冬馬は、赤い花柄の重ね着をもった弥生をつれ、日本橋の大通りを歩いた。初めてのことである。二人の後ろを若い女中の通《つう》が続き、さらに後ろを為之丞と周一郎が続いた。日がかなり傾いているが、大通りはなお明るく、人の往来も賑やかである。

昌平橋を渡り本郷通りにでて、これを少しいき右におれると、神田明神の大きな鳥居である。弥生は、石段の両側の茶店や屋台が珍しく、我慢しても自然に目が動いた。神前にお参りした後、皆で、早くも多くの提灯に灯《ひ》をいれた大きな屋台に入り、茶を飲み団子を頬張った。

見ていると、弥生は、お通と楽しそうに喋りながら、二串目を口に運んだ。子供っぽい仕草で、旗本屋敷に輿入れが決った娘に見えない。冬馬は早く貰いたい。弥生にはそれが幸せなことなのか。もう少し今のまま、町娘のまま、親元においた方がよいのか。思案顔になった。

横にいる吉弥が笑顔を見せて、

「土屋様より大枚を頂戴し子分に配りましたら、熊も為も、大人しい和助までも、あっしより、土屋様の子分になりたいと申し、親分の株がおちました」と云う。これで、吉弥が金子を十両ずつ配分した、と分った。冬馬は、

「先夜は皆、よく働いてくれた」と、礼を云った。

吉弥は、そうそう、ご報告がまだでしたと、

「御部屋に斬りこんできた奴でございますが、翌朝、奉行所に引きたてましたら、島村様が自らお調べになりました。強情な奴で部屋を間違えた、の一点張りを通そうという構えでしたが、島村様が馬鹿も休み休み云え。抜き身をもって部屋を探す奴があるか。お前は人を疵つけたのでなく罪は重くないから、正直に白状せよ、と説得なさいました」

冬馬は聞き役である。吉弥が、

「浪人が観念して申すには、あの部屋には金子が百両ある、と小耳に挟んだ。刀で脅して巻きあげようと思った。金子が手に入ったら夜のうちに西国に走る積りだった、と云うの

でございます。主人の開三郎のことは申しません。島村様は、この浪人が弥生様の拐かしのことを知っていないかと考えられ、十分時間をかけて吟味したいと、一先ず小伝馬町に送られました」と云うのである。

小伝馬町の牢屋敷は吟味中の者をいれる牢屋である。弥生の拐かし未遂事件は、冬馬が犯人を斬り捨てた。逃げた者がいるが、未遂に終り、証人も死んだため、奉行所は捜査に熱が入らない。千草が殺害されながら、黒幕は結局分らずじまいである。今回凡亭の侵入事件は、浪人が侵入してきたが、誰も疵つかず、何も盗まれず、奉行所としては重大事件とは考えない。冬馬は、浪人が開三郎のことを白状するか、心許なく思った。島村さんに任すしかない。

冬馬は弥生と目が会った。楽しそうな顔である。

「剣術の練習より寺社の参詣の方がよければ、次回もそのようにしよう」

弥生は、ちらっと睨んでみせ、

「練習も面白うございます」と云う。

冬馬は、離れた席にいる、為之丞と周一郎を呼んだ。

「図らずも為之丞が長くなった。そなたが警固してくれているので、心強かった。周一郎と代ってくれ。周一郎も、今夜より数日頼む」

二人は承諾し頭をさげた。

同じ二十八日の午後、頼母は、麻布の下屋敷に学渓を尋ねた。冬馬より、百両の金子を届けるよう命じられていた。書院に通された。番町を遅くでたので、障子に夕日が映っている。学渓は機嫌よくでてきた。袴はつけず、茶色の小袖に、黒縮緬の袷羽織を羽織っている。袱紗をかけた金子を差しだし、

「本日は、冬馬様が、下屋敷の米の大半を頂戴しありがたく、僅かでも金子をお届けせよと仰り、参上しました」と挨拶した。

学渓は、この言葉に深く耳を傾け、

「目付は多忙なだけで余財はできず、身代によくない」と云う。

頼母が頷き、

「御先代が御目付の頃もそうでございました」

学渓は、冬馬は余財ができるのかと云いながら、

「これは、それ、尾州家より下賜された金子の一部か」と聞く。

「いいえ、尾州様より頂戴しましたものは、手をつけておりません」

「されば、これは何だ。冬馬がどこで何をしているのか、予には分らぬ」と云う。

頼母はおかしくなり、

「拙者にも分りません。しかし」

学渓は、しかし、とは何かと聞く。

「お仕えしていて、何が起きるか、愉快でございます」

頼母は、学渓が首を捻るのを見て、

「冬馬様が御婚約なさいました」と、誇らしげに報告した。これより土屋の家は、木曽屋がついてくる。元々富裕な土屋家ながら、弥生の輿入れより、頼母や酉之祐は金子のことで頭を悩ますことは、一切なくなる。

学渓は驚いたが、頼母の顔付きを見て、大名の息女でも輿入れするのかと思い、

「どこの誰と婚約した」と、せきこんで質問した。

「尾州様の御用達、木曽屋のお嬢様でございます」

学渓としては意外である。余程の美貌かと思い、頭を切りかえた。

「縹緻よしか」と聞く。

「それはお美しい御方でございます。武家、町方を問わず、あれほどの御縹緻は類いない

かと存じます。番町にお越しになったときは、屋敷中の女が大騒ぎしました」と云う。

学渓は、ふむ、と唸った。

そういえば、十月末日の夜、屋敷に火をつけられた。町人が旗本の屋敷に付け火するとは、おかしいと思った。冬馬が恨みを買ったなら、分らないでもないが、的外れの所業である。それにしても尾州家附家老に、尾州家御用達か。土屋の家はこれまで尾州と関係がなかったが、これはどうしたことか。

二十六

十一月二十九日、日没に近い七ツ半頃、冬馬は、四谷門内、麹町十丁目にある成川家の上屋敷を訪問した。麹町の通りを挟んで、尾州家の中屋敷が見えた。麹町一丁目の町家に頼み、冬馬は麻裃より羽織袴に着替えをした。帰りが夜に掛るだろうと考え、修輔に短槍をもたせ、幸三郎、彦之進の三人を供にした。

成川家は表門を大きく開いて、冬馬ら主従を迎いいれた。冬馬は、玄関より取次の者に導かれ、書院に案内された。上段の間、下段の間のある広い書院である。冬馬は、下段の真ん中に導かれた。上段近くにいた武士が、当家家老の石田道次郎でございます、と挨拶した。下座に二人の武士が端座している。

暫くして厳山が一人で姿をみせ、上段の真ん中に座った。茶色の小袖に濃い焦茶《こげちゃ》の仙台平の袴である。羽織は金茶の縮緬の袷羽織である。冬馬は平伏した。

「志摩、よくきた。面をあげ、楽にせよ」と云う。冬馬は顔をあげ、

「御清祥にて、祝着に存じます。暫し御静謐《ごせいひつ》をお妨げ致します」と挨拶した。

厳山は、冬馬を静かに眺めて、

「志摩、ゆっくり話したいと思っていた。近くに参れ」と云う。

冬馬は脇差を外すと、膝行して、石田に渡した。

「厳山様。恐れながら、御人払いを願います」と、落ちついた声で請願した。

厳山は、冬馬の様子を観察し、

「座敷を移す。ついて参れ。道次郎、刀をお返し致せ」と云う。

厳山が先に立って廊下をいく。冬馬はそれについて、小座敷に入った。床の間、違い棚のある広い座敷で、十数畳ある。厳山が床の間を背にして座り、冬馬は下座に座った。

厳山が、

「急なことが出来《しゅったい》したらしいな」と、冬馬の話を聞く姿勢になった。

廊下に家老の声がして、矢絣の小袖の二人の侍女が、障子をあけて入ってきた。主人と客の前に茶菓をおいた。菓子は両口堂の餡菓子である。

厳山と二人になると、冬馬は、

「この二十三日夜、馬喰町にて、山城守様が浪人に襲撃されました」と、口を切った。

厳山、さすがに驚愕して、

「山城が襲われた。無事か」と聞く。

「御無事でございましたが、供の者の半数が斬られました。私が手の者と駆けつけるのが今少し遅れましたら、御命はなかったろうと存じます」と、ありのままを話した。

厳山は深刻な表情をして、

「志摩、詳しく話してくれ」

冬馬は、その夜の柳橋の会合より始め、馬喰町で四人の浪人が斬りこんできて、行列が総崩れになり、冬馬らが斬りこみ、何とか山城守を助けた、と掻《か》いつまんで説明した。

厳山は言葉を選びながら、

「若年寄が浪人に殺害されることがあっては、由々しき事態である。志摩、よくぞ山城を助けてくれた」と云うのである。

冬馬は言葉をついで、

「柳橋の凡亭も、円通寺も、関係者は皆、口止めしております。まず世間に漏れる気遣いはないと存じます」と云う。

厳山は大きく頷いた。

「よく配慮してくれた」と云い、茶を飲んだ。

冬馬も茶を飲み、さらに問題がございます。

「今一歩のところで我らが斬りこんだのを見て、背後より三人の武士が浪人を援助せんと斬りこもうとしました」と補足した。

厳山はじっと冬馬の顔を見て、

「浪人を援助せんとは、どこの誰か」と聞く。

「手の者に尾けさせました。三人は駒込、水戸様の中屋敷に入りました」と報じ、厳山の顔を見返した。

厳山は無言で、宙を見ている。

冬馬は声を落し、

「後を尾けさせた岡っ引きのほか、私の家士も知りません」と再び補足した。

厳山は無言で、どのように云おうか、迷っている風に見えた。暫し無言だったが、意を決したらしく、重い口を開いた。

「水戸家が浪人を使嗾し若年寄の殺害を図る。およそ、世間の者は信じられまい。しかし事の遠因は、百年も前、隠棲して西山《せいざん》と号された、光圀様の時代に遡る。西山様は諸侯中ぬきんでた人物であられた。それゆえか、公儀の施策に批判的な姿勢をとられ、五代様との不和が噂された。水戸家の極官は中納言ながら、西山様は宰相に据えおかれ、致仕して初めて中納言に昇任された。西山様の矛先は側近の柳沢美濃守にむけられ、美濃は西山様に捕まるまいと殿中を隠れ回ったという。西山様は美濃に通じたとして、藤井紋太夫《もんだゆう》なる家臣を手討ちにされた。激しい御気性だ」と云う。

厳山は、手元の茶碗をとった。一気に飲みほし、

「養嗣子の綱条《つなえだ》は、西山様の甥御にして、大老土井大炊頭の孫でもあり、誇り高く、公儀に対する姿勢は西山様を踏襲された。享保の初め、六代様の側近の間部越前守が越後村上にて死去したさい、江戸では水戸家の刺客が越前を斬った、という噂が流布した。綱条は既に亡くなっていたため、刺客を送ることは考えられなかった」と云う。

厳山は、茶碗を見た。広い座敷は、一本の燭台の明かりが照している。障子の外の中庭は、もう夕闇がおちている。

厳山は、冬馬が静かに聞いているのを目にして、

「三家や、御三家と云うが、尾州家、紀州家は、将軍家に御世嗣《ごせいし》なきときは継嗣をおだしする。水戸家は、継嗣を選任するにすぎない。両家の極官は大納言ながら水戸家は中納言に止まる」

「西山様の御心は捩れてしまい、徳川家の藩屏でありながら、学者を集め、朝廷の歴史を研究し歴史書を編纂された。これは、将軍家が頂点にあるのではなく、その上に往《い》にしえよりの天子がおられることを、公然にすることである。水戸家は、獅子の虫、獅子身中の虫である」

「遠い将来には、徳川の御家は、獅子の虫により、体内よりじりじりと食い尽される虞れも、なきにしもあらず」

厳山は、ぷつんと、言葉を途切らせた。

冬馬は、思いもしない秘事を聞かされ、暫し言葉を失ったが、真偽を確認しておかないといけないと考え、

「そのようなことがありましょうか」と、半ば疑い、質問した。

厳山は、冷静な顔付きで、

「予が今申したことは、予と紀州の安藤帯刀が、昔より懸念してきたことである。そなたより、山城が襲撃されたと聞き、俄かに意識の表に現れた」と云う。

「当代の治保《はるもり》様は三十何歳だったか。若いが頭の切れる、意思の強い御方である。十数年前、大火災で水戸の城下が焼失した。公儀より一万両借用したが、今も財政難で苦しんで

おる。借用の便宜を図ったのは田沼主殿頭である。その田沼に刃を向けるとは、水戸家に根づく伝統か」と云う。

冬馬は、厳山かぎり、と思い、

「尾張中将様の椿事出来のさい、水戸宰相様が遠くより御覧でございました。主殿頭様でなく、山城守様を排除しようとされたのでございましょう」と考えを述べた。

厳山は、冬馬を見返して、

「そなたはそう見るか」と云って、又ぞろ無言で宙を見た。

厳山は、冬馬に微笑して、よし、この話は終りにしよう。そなたがくると聞き、夕餉《ゆうげ》を仕度させた、と云って、手を叩いた。

家老の石田道次郎が顔をだし、ここにお運び致しますか、と聞く。厳山が、うむ、そうしよう、と答えた。最前の二人の侍女が、障子をあけて入ってきた。料理がのせられた膳を並べた。二の膳に青い九谷の皿があり、この皿に濃い茶色をした、冬馬の知らない料理がのせられている。視線が走ったのを素早く捉え、厳山が、

「それが今夜の一番の皿だ。志摩は食したことがなかろう」と云う。

「何でございましょう」

厳山が悪戯っぽく笑って、食してみよ、と云う。冬馬が口に運ぶと、香ばしい香りの中に、鶏肉と異なり、柔らかな食感と旨い味が広がった。

「美味しゅうございますが、何でございます」と聞く。

厳山は、それはよかった、と云い、

「井伊家より贈られた、近江牛の味噌漬けだ」と云う。

「私は初めてでございます。珍しい御品を賞味致しました」と礼を述べた。

二十七

冷害と噴火による飢饉の年が臘月になった。打ち毀しが全国に広がり、江戸の町は表面静かながら、底辺には何かしら落ちつかない空気が淀んでいた。

田沼山城守の行列を尾ける浪人は、あれより後を絶った。牢屋敷にいれた浪人は、数日後に変死した。島村征一郎よりの書簡によると、一服盛られたらしいという。

十二月十日、妻木采女は、三箇月の差し控えが終り、十一日より、元どおり書院番士として出仕を始めた。十八日の官位仰せ付けの日、土浦の土屋健次郎泰直は、早朝より登城して、従五位下能登守に叙任された。采女にも、健次郎にも、年の瀬も押し迫った慶事である。

十二月十三日は、武家の屋敷も、町家も、煤払いの日である。寛永より、御城はこの日に煤払いをするのが慣例である。これが江戸中に広まった。大掃除が終ると、手の甲へ餅を受けとる煤払い、というが、煤餅《すすもち》を食べて祝う。どこの屋敷も、どこの家も、猫の手も借りたい多忙さである。

十二日の夕方、番町の屋敷では、頼母、酉之祐、菊の三人が、母屋の戌の間で、煤払いの分担を相談していた。そこに小弥太がきて、妻木采女の来訪を報じた。頼母も菊も妻木の家によい感情をもてず、顔を見合せた。頼母が、冬馬様の御帰りまで、中の間でお待ちくださるよう、と指示した。

冬馬が帰ってきて、采女と三の間で会った。采女は、

「御蔭をもちまして、差し控えが解け、昨日より出仕しております」と、頭をさげ鄭重に挨拶した。冬馬は、

「そなたは黒沼一家を追い払ったと聞く。禍い転じて福となす。奸物の影響を断ちきったのはよかった」と、率直な感想を述べた。

八重が入ってきて、月形の茶をだした。小半時で、引きとらせた。

十二月十四日の昼前、妻木家の用人、西村兵庫介が来訪し、菊に面会を求めた。八重の素性を聞きにきたのである。冬馬が屋敷に帰ると、菊と頼母がきて、頼母が、

「妻木様が八重を見初められ、貰いたいとお望みでございます」と云うと、菊が、

「そうでなく、九月初めに見初められ、今回思いを募らされたようです」と訂正した。

冬馬が注意深く、

「正妻として、であろうな」と尋ねると、菊が困って、

「その辺りが曖昧でございます。ですが、他家の侍女を側女《そばめ》に貰いたい、などという御人がおりましょうか」と云う。

「采女なら云うかもしれん」

頼母が、傍らより言葉を挟み、

「菊殿が拙者を呼びましたので、拙者も西村殿にお会いし、八重は喜連川《きつれがわ》様の家士、長尾十兵衛殿の二女である旨、お話しました」と云う。

喜連川家は古河公方の後裔で、野州の四千五百石の知行ながら、十万石の格式の大名である。参勤をせず、旗本の家と変らない。寛政に入り、五百石を加増される。

菊は強い口調で、

「八重を早くに然るべき御人に輿入れさせねばなりません」と云う。

八重は、美しく気立てがよい。冬馬は、好きなのに躊躇し、踏みきらなかった。弥生との出会いがなければ、そろそろ踏みきる頃である。待たせた責任はある。

冬馬は、もし采女が正妻として申しこんでくれれば、本人の気持ち次第で妻木家に輿入れさせてもよい、と思う。しかし五千石の旗本でも、采女が主人では、八重がかわいそうな

気もする。菊も頼母も、芝の中野様の奥様にお願いしよう、と云う。八重を番町の屋敷に世話してきた人である。

この中野様の奥様というのは、倫の二歳下の妹、孝《たか》のことである。主人たる中野加賀守は芝に屋敷がある、四千石の旗本である。冬馬は、来春一月には弥生をつれ、叔父叔母に挨拶にいく積りである。単なる挨拶にいくのではなく、弥生を養女にしてほしい、と頼むのである。冬馬は、菊と頼母に、

「二人で、歳末の挨拶を兼ねていき、叔母上に弥生との婚約をお知らせせよ。私は、年が明ければ、弥生と御挨拶にいく。お伝えしてくれ」と依頼した。

十二月十八日、土浦の健次郎が能登守に叙任されると、夕刻には、長井宇左衛門が御礼言上にやってきた。これは予期していたことであり、祝いの品も用意してあった。二十日の朝、木村儀右衛門が酉之祐を供にして、駿河台下の上屋敷に祝いにいった。玄関に矢代兵右衛門が飛びだして、二人を屋敷に招きいれた。

十二月二十一日、将軍家の鷹狩りがあった。御上は自ら弓を引くことを好んだ。十二月の鷹狩りは、三日の木下川、十三日の小松川に続き、この日の本所への鷹狩りが三度目である。三つの土地は、大川よりずっと東の、中川の下流にある。木下川、小松川、本所へ

と、順に河口におりてくる。小松川辺りの菜を小松菜と呼んでいる。

御上は弓馬に優れたが、四十七歳の身では、一里ないし一里半の鷹場まで、馬より駕籠を選んだ。駕籠の後ろには、野半纏《のばんてん》に股引き、脚絆の武士が多数続いた。この日、本所への御成りの行列を監督する供番には、冬馬と池田修理が当った。二人の目付は、出城より帰城まで周到な注意を払い、安全の確保と秩序の維持に努めるのである。

供弓《ともゆみ》は新番の番士より選抜された。六組ある新番のうち、蜷川《になかわ》相模守を番頭とする三番組より選抜されたのが、佐野善左衛門である。

冷えた空気の中、遠く本所横川町より鐘の音が、八ツ届いた。横川町の時の鐘が時刻を知らせたのである。御休所《おやすみじょ》では、小姓らが帰城の支度を始めた。

冬馬と修理は、東屋の一つにいた。微かに鐘の音を耳にし、小半時で御立ちかと心積りした。間もなく近くで、浅葱《あさぎ》の頭巾を被った鷹匠《たかじょう》や、鳥見《とりみ》に囲まれた若い武士が、激した大声をあげた。武士は、右手に鶴、左手に弓をもっている。

「拙者が射止めた鶴である。これが本日の獲物に数えられぬと云うのか」

見え隠れする声の主をよく見ると、佐野である。鷹匠頭の戸田平蔵が輪に加わり、佐野を叱りつけた。鷹匠頭は、若年寄の支配下、役高千石の旗本である。

「獲物は八ツまでに、鳥見の者に引き渡さねばならぬ。貴殿の獲物は時刻を徒過し、我らは受けとれぬ」と、冷淡に拒絶した。佐野は、

「拙者、広い野原にいて鐘は聞えぬ。およそ八ツかと存じ、急ぎ駆けつけた。拙者、本日の供弓を仰せつかりながら、獲物が認められなければ、腹を切らねばならん」と云う。

鷹匠頭は持て余した。蒼白な顔の相手を見ながら、雁《かり》や鶫《つぐみ》を射止めるならよいが、選りに選って鶴をもってくるとは、と嘆いた。鶴は御上の獲物として、朝より四十人の鷹匠が総掛りで、鷹場の四方を走り回ってやっと追いこみ、御上が御弓で射止められた。小松川のときは、御拳《おこぶし》より愛鷹《あいよう》の風号を放ち捕獲されたが、本日は御弓を以て射止められたのである。鷹の飛翔範囲に鶴を追いこむより、弓の射程範囲に追いこむ方が、余程難しいのである。

「御成り先で、穏やかならぬことを口走ってはならぬ。山城守様に御尋ねしよう。獲物はおいていくがよい」と云って、とりあえず佐野を引きとらせた。

山城守は、奥勤め兼帯の若年寄として、鷹狩りと褒賞の責任者である。本所の鷹狩りで獲物を射止めたのは、供弓の六人中、佐野を除き、四人である。十二月二十五日、菊の間に四人を呼びだし、山城守より、時服一領ずつを下賜した。佐野は何の沙汰もなく、同輩

中に面目を失った。

佐野善左衛門政言《まさこと》は、宝暦七年の生れ、二十七歳である。十年前、父、伝左衛門政豊《まさとよ》の隠居により家督を相続した。四年後、大番入りし、翌年に新番に転じた。家禄は五百石である。伝左衛門も大番入りの後、新番に転じた人で、父子並んで、下級の旗本に位置している。

佐野の家は、謡曲鉢木《はちのき》に登場する鎌倉武士、佐野源左衛門常世《げんざえもんつねよ》の末裔だ、と伝えられている。上州佐野で五百年続く名家である。

二十八

十二月十九日は、江戸に初雪がふった。これより毎日、日中も冷えこんだ。二十五日の褒賞を外され、佐野善左衛門は鬱々として楽しまなかった。

十二月二十八日の夕刻、番町御厩谷《おんまや》の崖下にある善左衛門の屋敷に、分家の佐野亀之助が尋ねてきた。亀之助は、伝左衛門の弟、三右衛門《さんえもん》の婿養子先の嫡子である。二十二歳の若者で、昨年九月に家督を相続した。本年三月、水戸家の家臣、高井源四郎の長女を嫁にした。御番入りを鶴首していたが、九月、小納戸にあげられた。

小納戸は、小姓と同じく御上の身辺の雑務に従事するが、小姓より格下である。亀之助が小納戸にあげられたのは、田沼山城守の推薦である。

善左衛門の屋敷は、広さ七百坪である。式台を上り、六畳の玄関間の隣が、床の間つきの十畳の客座敷である。亀之助はここに通された。

十二月は小の月のため、二日で年が明ける。新春を迎えるというのに、善左衛門は暗く沈んで、亀之助と明暗をわけていた。亀之助が、従兄の気分を引きたてるように、

「田沼様より、佐野本家の家譜と古文書を借用したい旨、再度お話がありました。家譜は分家のものと違いがなかろうと思いますが、古文書は本家にしかありません。源之助さんがお貸しになれば、明年にはきっと運が開けましょう」と勧説した。源之助は、善左衛門の幼名である。

善左衛門は、亀之助の明るい顔を見て、

「山城守様か」と聞く。

「むろん左様です。昨日朝、築地の御屋敷に伺候しましたところ、御用人の谷川又五郎殿より再度お話がありました」と云う。

善左衛門は、じっと思案しながら、

「拙者は、山城守様に酷い扱いをうけたばかりだ」と吐露した。

亀之助が驚いて、何かありましたか、と尋ねた。善左衛門は、自分一人が鷹狩りの褒賞にもれた事情を話した。善左衛門は、

「あれは三月だったか。田沼様より家譜と古文書、暫時借用の申し入れがあった。拙者は婉曲に断った。今回のなされ方には悪意を感じる」と云う。

亀之助は、無骨一辺倒の従兄と違って、利口である。

「家譜の借用は拙者にお鉢が回ってきました。拙者は家譜をもって、神田橋門内の上屋敷に参りました。山城守様に御目通りし、御番入りをお願いしました。山城守様は、待っておれ、と仰せになり、九月には早や御役をくださいました」と云う。

善左衛門は、目の前の茶を啜って、

「亀之助。田沼様より家譜を返していただいたか」と聞く。

亀之助は、明るく笑って、

「昨日、御返却いただきました。そのさい本家の家譜と古文書を借用してきてほしい、と頼まれました」と正直に話した。

山城守が佐野家の家譜に執着するのは、事情がある。

田沼家は、表向き、上州佐野庄の庄司、何某を家祖とし、その子孫が野州田沼邑《むら》に移住して、田沼の姓を称した、と称している。しかし事実は全く異なる。慶長の頃か、佐野家の当主の大坂行きに駆りだされ随伴した、佐野の百姓が畿内で足軽になり、ついで紀州家の鉄砲同心として召しだされたのが、家祖である。

主殿頭は実利の人である。二代目の山城守になると、勝気さも手伝い、素性の卑しさを隠し、諸侯に対して体面を飾りたい。昔は主筋に当る、佐野の家の家譜を模倣して、立派な家譜を作成しよう、と思いたった。善左衛門に借用をもちかけたら、愚鈍な奴で、容易に、うん、と云わない。やむをえず分家の家譜を借り、亀之助を御役につけてやったのである。しかし分家の家譜では細部が分らず、今一度本家の家譜と古文書の借用を、亀之助を使って、申しいれたのである。

亀之助は、冷たくなった茶を飲み、

「源之助さんは、以前より、何とか両番筋に転じ、それより目付くらいにはなりたい、と繰り返されていました。小姓組番も書院番も若年寄支配であり、その若年寄に山城守様がつかれました。好機、逸すべからずではありませんか」と口説いた。

善左衛門は、家譜にて御役を貰った亀之助を目の当りにして、これ以上遅れをとってはならないと思った。何より褒賞を外されたことが骨身に応えていた。

亀之助は、もう一押しと見た。自分は日の当る御役についた。善左衛門にも、日の当る場所にでてほしい。

善左衛門の妻室たる、伊於《いお》の実家に話を転じた。

「伊於さんの兄上、村上八郎様は小普請に入られたまま、お気の毒に何の御役にもついておられません。源之助さんが山城守様の御眼鏡に適えば、次は村上様によいお話があるのではありませんか」と云う。

伊於の父、村上肥前守は、昨年九月に死去した。家禄は千六十石で、後に五百石を加増され、御三卿の一つ、清水家の家老を務めた。およそ二昔前、家老を罷免され、加増分を召しあげられ、小普請入りを命じられた。伊於の輿入れが遅れ、五歳下の善左衛門の家に嫁したのは、そのような事情による。

伊於より五歳上の兄、八郎は、一昔前、家督をつぎながら、小普請のまま、今も御役がない。善左衛門より十歳年長の、三十七歳である。

善左衛門は、山城守の求める家譜や古文書を、亀之助を通じて貸すことにした。年明け早々、亀之助は先方に届けると云う。

二十九

天明四年一月一日、江戸城は、大名や旗本の慶賀の登城により、ごった返した。例年のとおりである。二日も三日も同じである。

土屋冬馬は、元日は七ツ半、暮れ掛った番町の屋敷に帰った。昼すぎ、土屋家の家紋のついた駕籠二挺を木曽屋に迎えにやった。冬馬の帰邸前に、藤左衛門、志津、弥生が来邸していた。三人は、太郎左衛門と菊の案内で、母屋の六十部屋や別棟を見て回り、台所や料理の間を覗いた。重厚な奥の書院に通され、茶菓を供された。

冬馬は帰邸し、羽織袴に着替えると、すぐ書院に姿を現した。床や棚のついた、十六畳ある座敷の下座に、太郎左衛門と菊が控えた。藤左衛門は羽織袴、志津は黒縮緬の紋服である。弥生は、小さな花籠を散らした白地の振袖に、金糸銀糸の入った白地の帯をしめている。今日十九になったが、十九にして、気品ある﨟たけた美しさを見せている。

書院では、年始の挨拶をし、雑煮を祝った。屠蘇も口にした。太郎左衛門と菊が相伴に与り、晴ればれとした表情で聞き耳をたてた。

頼母や菊と、志津の間で、弥生の輿入れは、三月の初めと合意をみていた。本年は閏月が一月にある。それにしても、一月、閏一月、二月と、三箇月しかない。頼母がやきもきするのは、冬馬が新居として、母屋を使うのか、別棟を使うのか、はっきりしないことである。藤左衛門と挨拶を交したさい、

「冬馬様が弥生様と母屋に住まれるのか、別棟に住まれるのか御指示がなく、拙者、困惑しております」と、搦め手より、じわりと攻めてみた。

藤左衛門は、決りましたら、と云って、

「増改築にせよ、手直しにせよ、木曽屋出入りの大工や左官をお回し致しますし、建具や畳、他の職人もお回し致します」と、熱心に云う。頼母は、

「その節は、よろしく願います」と、頭をさげたのである。

一月三日の夕方は、どんより曇り、雪交りの風がふいた。妻木采女は、書院番五番組の慶賀の登城をし、遅くに番町の屋敷に帰ってきた。このとき侍一人、中間二人しか、供につれていなかった。采女が門の開くのを待っていると、向いの屋敷の暗がりより浪人体の者が抜刀して現れ、采女の麻裃の背中を叩くように袈裟斬りにした。

浪人は止めをさそうと屈んだ。そこを、中間が挟箱を強くぶつけたため、浪人は横倒れ

になった。すぐ起き上った。

供侍が抜刀し、浪人に挑んだ。相手の顔を見て、

「やっ、お前は黒沼春一郎」と驚愕した。

春一郎は、せせら笑って、

「采女、思い知ったか」と云うと、暗闇の中へ一目散に駆けだした。

妻木の屋敷は大騒ぎになった。医師が呼ばれ手当てをしたが、芳しくない。別の医師が呼ばれたが、出血が夥しく、芳しくなかった。

冬馬は一月二日は、本番として御城に宿直した。三日は、暮れ六ツより、大手門の篝火の下、諸大名が登城し、謡初《うたいぞ》めがあった。冬馬が屋敷に帰ったのは、既に五ツ半を回っていた。夜が更けたが、三の間にて、儀右衛門、頼母、酉之祐と雑煮を祝った。屠蘇も十分入り、主従が皆、気分よく酔いが回った。

四ツ頃か、宿直の中川八太夫がきて、廊下より、

「妻木様の御用人、西村兵庫介様が御門前にお出でになり、至急、志摩守様に御目通りを願いたいとのことでございます」と、声を押え取り次いだ。冬馬は、新春早々、何か出来したか、と呟いた。

冬馬は、辰の間で兵庫介に会った。先に酉之祐が燭台をもっていった。酉之祐に頼母も加わり、三人が会った。兵庫介は平伏したまま、顔をあげられない。

冬馬が、胸騒ぎして、

「采女に何かあったか」と聞く。

兵庫介が顔をあげた。薄い灯火の下、涙顔のようである。

「御命が危ぶまれます。明朝までおもちしますか、疑しゅうございます」と云う。

さすがに驚かされた。冬馬が事情を尋ねると、兵庫介が涙を拭いながら、今夕、采女が自邸の門前にて黒沼春一郎に闇討ちされ、医師が傷口を縫い合せたが、出血が多く意識がない、と説明した。

「御親戚には、先程より家士を走らせております。このまま御逝去になりますと、御公儀にどのように御届けするのがよろしいか、志摩守様に御教えいただきたく、深更を御無礼ながら押して参上しました」と云うのである。

冬馬は、じっと考え、

「采女は何番組か。五番組。五番々頭は、確か阿部信濃守様だ。夜が明けたら、そなたが御屋敷にいき、采女の発病を御届けせよ。書面にして御届けしなければならない。組頭は知らない。この人の屋敷にもいき、同様に届けよ」

冬馬は、じっと考え、

「信濃守様は御目通りを許されるまで待ち、そなたが口頭にて、采女が発病してすぐ死去した旨、ごく簡単に御伝えせよ。末期養子《まつご》が許されるか、難しいな。闇討ちにあい、死去するのは、武家として不面目だ。どのような御取り扱いになるか懸念される」

冬馬は、存命中に見舞っておこうと思った。幸を離縁し、妻木の家と縁がきれ、采女の葬儀に参列しない。せめて息のあるうちに見舞っておこう。家士を起すのはやめ、八太夫をつれていこうと云うと、酉之祐が拙者も御供すると云う。兵庫介の案内で、妻木の家に出掛けた。同じ番町といっても、妻木の家は千鳥ヶ淵沿い、近くはない。

妻木家の中間も動揺し、桔梗《ききょう》紋の提灯がゆれた。暗闇の中、坂を上り下りして、妻木の屋敷についた。表門を入ると、深更というのに、屋敷中が燭台の光で明るい。

土屋家と同じく、五千石の広い屋敷である。兵庫介が先導し、玄関より長い廊下を奥へ通された。途中、書院に何人もの人がつめていた。親戚の者である。

冬馬と、冬馬の刀を預る酉之祐が通るのを見て、書院より一人がでてきた。冬馬を認識して、

「これは、土屋様」と、頭をさげた。幸の主人、伊東長十郎である。

冬馬も一揖して、

「采女はいかがですか」と聞く。

長十郎は大きく首をふり、

「意識がございませぬ」と云う。

ここより長十郎が代って、冬馬を寝室に導いた。

燭台の淡い光の下、贅沢な寝具の中に、采女は体を横たえていた。目鼻立ちが整った顔は蒼白である。枕元に一人、幸が付き添っていた。

三十

一月二十七日、公儀は、細川越中守に対して、浅間山の噴火による、武州、上州、信州の国々の河浚いに人夫をだすよう命じた。名君として著名な越中守重賢といえ、熊本より人夫を送ることはできない。浚渫、利水の経費を負担し、家中の者をやって現地の人夫に河浚いを行わせるのである。閏一月一日、監督者には目付の柳生主膳正を任命し、出納者には勘定吟味役の根岸九郎左衛門を任命した。二人は、翌日、属僚らを率いて江戸を出立した。根岸は、随筆「耳囊《みみぶくろ》」の著者となる根岸鎮衛《やすもり》である。

一月三十日の朝、冬馬が登城すると、目付の下部屋に同朋の円阿弥がきて、田沼山城守様が御呼びだと伝えられた。冬馬は、山城守の下部屋にいった。

山城守は、見るからに、生気が張っていた。

「紅葉山の御宮、並びに御霊屋《みたまや》は、安永八年の年末に修理が竣工し、五年である。然るに予期せぬ浅間山の降灰により、すっかり汚損した。明日より小普請奉行の下で清掃を行う手筈になっておる。そなたには、出来栄《できば》え見分を命じる予定である」と云う。

紅葉山は西の丸の北にある丘で、元和年間に家康の御廟をおいて以来、歴代将軍の御廟をおいた。これを御霊屋という。家康の御廟は、特に東照宮という。東照宮はじめ、紅葉山一円は、享保年間に作事方、小普請方の申し合せにより、小普請方の所管に入っていたのである。

冬馬は、承知しましたと答え、心得のためと云って、

「御尋ねしますが、期間はどのくらいでございましょうか」

明日は閏一月一日である。閏一月中、一箇月くらいみているのか。

「およそ二十日である」と云う。

公務上の話は終った。山城守は目で、待て、と合図した。手元においた利休茶の包みを開き、中より文書の束を取りだした。冬馬に近づき、文書の束を渡した。

どれも御家流の鮮かな手跡である。二十数葉か、三十数葉か、束ねてある。

「何でございます」

「これは元、予の主筋に当る佐野家より借りた古文書の写しだ。祐筆に命じて原本を忠実に筆写させた」

冬馬は、古文書の写しを見せられた意味が分らない。写しを手に無言でいると、山城守

が、これは偽文書らしい、と云って、

「祐筆が云うには、作成された時代が大きく異なるはずの文書に、同じ料紙が用いられていたり、花押がそれぞれ別人のはずのものが、同一の者が記したように見えたり、不審な廉がある。かように口を揃えて云う」

「予は、これを碩学の老人に見せた。その者は、原本の損耗が甚しく写しを拵えたのかもしれない、と云う。花押はそのとき記したものだろう。内容の真偽を十分糺した上でないと、一概に偽文書と決めつけることはできない、と慎重だ」

山城守はそう説明し、冬馬を見た。冬馬は、

「私は古文書に不案内でございますが、諸家に伝来する古文書の半数は、偽文書だと仄聞しております」と云う。

「そうかもしれぬが、予は、真偽を知りたい。そなたも碩学だと聞いている。写しを一瞥して、意見を聞かせてくれ」

「私は律を少し学びましたが、古文書には不案内でございます」

山城守は笑い顔で、構わぬ、見てくれ、と云う。

「ならば拝見致しましょう」と、とりあえず承諾した。

冬馬は廊下にでると、坊主に、円阿弥に目付の下部屋にくるよう伝言を頼んだ。山城守より預った包みは目付部屋にもって入れない。目付部屋には日々多数の伺い書、願い書や建議書などがくる。そのため目付が部屋をでるさい、書き物をもちだすことが難しいのである。包みは、下城時まで円阿弥に預けておこう。

閏一月十一日の昼頃、冬馬は芙蓉の間で、酒井石見守、加納遠江守、米倉丹後守、太田備後守、四人の若年寄列座の前で、月番の備後守より、

「その方に御宮、御霊屋の出来栄え見分を命じる」と申し渡された。

冬馬は平伏したまま、畏まりました、とお受けした。

冬馬は、現況を確認しておこうと、その足で紅葉山にいった。明るい冷気の中で、紅葉山は鬱蒼と樹木が覆い、森厳な雰囲気を漂わせている。階段を上り、御宮はじめ、御霊屋を順に見て歩いた。小普請方の大勢の者が石段や参道より、麓の大番所の前辺りに昼飯にいくところである。

御宮や御霊屋の建物は清掃がほぼ終っていたが、宝塔、石灯籠、石の外囲いや石段には砂や泥が堆積していた。冬馬は、供の徒目付を本丸に返すと、一人で麓におりた。そこには具足蔵や鉄砲蔵など六棟の建物の中に、二棟の書物蔵がある。建物は六棟とも梁間《はりま》三間

ながら、二棟の書物蔵は桁行きが十間で、他より短い。

古文書の内容の真偽をざっと糺すにしても、参照する古典籍が必要である。冬馬は紅葉山の出来栄え見分を命じられ、書物蔵にいく口実ができた。冬馬は番所にいき、書物同心の数人に会い、時々閲覧させてほしい旨を申しいれた。まず、吾妻鏡を見せてほしい、と申しいれ、了承をえた。

これより冬馬は、早くに登城して紅葉山の麓にいき、書物蔵の蔵書を閲覧した。閲覧は数度に及んだ。この程度の作業で多くのことが分った。

佐野家の古文書中、最も重要と目される、建久八年十月二十日、左衛門尉《さえもんのじょう》藤原政俊なる者が上野《こうずけ》国佐野庄の地頭職《しき》に補任されたという、政所《まんどころ》下文に疑いがある。冒頭で、将軍家政所下す、と書いているが、建久八年に書き誤りがなければ、頼朝は既に将軍を辞職していたから、ここは前右大将家政所下す、と記されていなければならない。

閏一月二十一日の朝、冬馬は、組頭の石田修一郎以下、徒目付十数人を引きつれ、紅葉山にいって、出来栄え見分を行った。御宮や御霊屋はじめ、石造りのものも、石段や参道も、砂や泥はすっかり拭いさられていた。清浄な霊域がそこに出現していた。徒目付らの意見を聞いた上で、冬馬は、太田備後守に会い、申し分ないと報告した。

他方で、冬馬は、佐野家の古文書二十四通について、番町の屋敷で不審な点を抜き書きしておき、それをもって書物蔵にいき、蔵書を以て内容の真偽を糺すことをした。閏一月中、ざっとした調査を行ったが、全部について偽文書の疑いを拭えなかった。調査の結果は覚書の形で纏めておいた。

冬馬は、通常の目付の職務に加えて、この余計な調査に従事したため、二旬ばかり多忙を極めた。その間も、ほぼ五日ごとに木曽屋に通った。弥生の顔を見たいし、輿入れまでに僅かでも剣術の腕をあげておこう。町娘、と後ろ指をさされてはならない。弥生に真剣を以て素振りもさせてみた。

三十一

二月に入ると、さすがに春めいてきた。大川べりの桜が三分咲きになり、気早な花見客が長堤を歩いているという。

二月二日、妻木家一統が鶴首した、采女の末期養子が認められた。末期養子は、急養子ともいう。養子は、伊東長十郎と幸の嫡子で、千之助、二歳である。

妻木家は、一月四日、采女の発病を届け、一月十四日、急養子の願い書、並びに死亡の届け書を提出した。目付の跡部大膳が番町の屋敷で、親族の立ち合いの下、判元見届けを行ったのが、一月十六日である。判元見届けというのは、届け書や願い書に記された印判の身元を確認するのである。

書院番頭より目付部屋に死亡届けが回されてきたとき、目付の中には、采女が闇討ちにあったらしい、と知る者がいた。そのため、目付部屋としては、徒目付をして詳しく調査させ、死因に疑いがあれば意見を具申してはいかがか、と云う者がいた。闇討ちされたのなら、武家として不面目であり、その者の家は改易になりかねない。

井上図書頭は、この主張に耳を傾けた。暫く思案していたが、冬馬に向い、

「土屋はどう考えるか」と、発言するようふってきた。

冬馬は、ためらいもなく、

「あたら名家を改易に追いこむのは、避けた方がよいかと存じます」と即答した。

図書頭はこれを是とした。目付の職掌は死者の名誉を汚すことではないし、ただでさえ多用な目付が噂や些事を一々取りあげていては切りがない。

このような事情もあって、冬馬は、采女の末期養子が許されるかどうか、気にしていたのである。二月三日、家老の木村儀右衛門に祝いの品と金子をもたせ、妻木の屋敷に祝いにやった。二月四日の夕方、冬馬が屋敷に帰ると、伊東長十郎が御礼に来訪した。三の間で会った。長十郎が中音で、

「土屋様には、拙者ども終始御厚意を頂戴し、言葉もございませぬ」と云う。

冬馬は、男振りのよい相手の顔を見ながら、

「采女は若くして、かわいそうなことをしました。ですが、急養子が許され、妻木の家は安泰です。御祝い申し上げます」と、心より祝いを述べた。

長十郎は、深々と頭をさげた。冬馬が、

「御家は安泰ですが、その代り、黒沼春一郎を罰することができなくなりました」

長十郎が眉を顰めた。

「下谷の廣延寺という寺に隠れ住んでおる、という話でございます。見つけ次第、拙者が叩き斬ろうと存じます」と云う。

冬馬も、

「采女と従兄弟《いとこ》同士といえ、春一郎は旧主殺しの罪人です。できるものなら何とかしたいと思いますが」と、もどかしい気持ちである。

ともあれ妻木の家は事なきをえた。伊東の家は嫡子を他家にだし、豆州《ずしゅう》伊東二千九百石の家督をつぐ者がいなくなったが、これは次子の誕生を待てばよい。

これに対して波乱含みなのが、佐野善左衛門である。年齢が若く、名家の出という意識があるため、生涯新番として御城勤めをするよりは、いずれ昇進の見込みのある両番筋に転じたいのである。分家の亀之助がもってきた、家譜や古文書を山城守に貸す話にのったのは、善左衛門の焦燥感である。

二月十二日の朝、善左衛門は、寝番が明け、四ツ前に番町の屋敷に帰った。午後の八ツすぎ、善左衛門は、上州佐野産、最上の縮緬の絹布を土産にして、築地の屋敷に山城守を

訪問した。山城守は、既に御城より帰邸していた。善左衛門は御目通りを願ったが、近習の者が控えの間にきて、

「殿は御疲れにて、御会いになりません」と云う。善左衛門は、せっかく足を運んだのにと思い、このまま辞去するのを躊躇した。

暫くして中年の侍が現れ、

「用人の谷川又五郎である。佐野殿よりは家譜、並びに古文書をお借りしました。御礼を申します。当家より御返却にいくべきところ、本日お越しになられましたにより、御返却致します。御改めいただきたい」と云って、包みを開き、家譜、古文書を見せた。

谷川は、些少ながらと云って、白木の三方《さんぼう》を押しだした。善左衛門が見ると、白紙の上に五枚の小判がのせられていた。

三十二

善左衛門は、山城守の屋敷を辞去して、どこをどう歩いたか、記憶がない。供につれてきた中間の東八は、尾張町で先に屋敷に帰らせた。分家の亀之助は、分家の家譜を貸しただけで、小納戸の御役を貰った。自分は、本家の家譜に加え古文書まで貸したのに、この仕打ちである。

亀之助は、自分がもたついている間に、逸早く小姓になるに違いない。強い妬みの感情がありながら、善左衛門の足は、駿河台の亀之助の屋敷の門前に止った。自分は嫌われている。山城守様に嫌われている。どうしたらよいか、分らない。亀之助と会って、事情を話し、どうしたらよいか、知恵を教わるしかない。

家禄四百石の亀之助の屋敷は、善左衛門の屋敷と同じく、七百坪の広さである。玄関を上り廊下を歩き、十二畳の客座敷に通された。丘の上にあるので、午後も遅いのに、屋敷全体が明るい。挨拶にでた若妻の里和《りわ》は、十八か十九で縹緻よく、嫁入りしてきて一年になろうというのに初々しい。善左衛門の心は、重く沈んだ。

暮れ六ツ頃、亀之助が帰ってきた。里和は、ほっとして、玄関に出迎えた。善左衛門様が来訪され、長くお待ちです、とつげた。

「善左衛門様は、悄然とした御様子です」と、前以て知らせた。

どうしたのだろうと、亀之助は不思議に思った。

亀之助は、居間で着替えると、客座敷に行った。善左衛門が沈痛な顔をあげた。表情に驚き、亀之助が尋ねた。

「源之助さん、どうしましたか」

「亀之助。拙者は、駄目かもしれぬ」

善左衛門は、築地の屋敷に山城守を訪ねたが、目通りを果せなかった。僅か五両の礼金で、家譜と古文書を返却されたことを語った。

「拙者は、山城守様に嫌われた。かくまで軽くあしらわれるとは、不覚にも考えずに訪問した。旧臘、拙者一人、供弓の褒賞に漏れたことを考え併せると、これは拙者が山城守様に嫌われたに違いない。近習の者といい、用人といい、拙者を見ること恰も弊履《へいり》のごとくであった」と、夢中で口走った。

亀之助は驚いた。少し思慮に欠けるが、やや大柄な体付きと磊落な性格により、誰から

三十二

も好かれてきた従兄である。ただ少年期より、何かに激すると、些事であっても顔面蒼白になり、手がつけられなくなることがあった。三箇月前の鷹狩りのときや、今日の田沼邸訪問のさい、そのような暴発があったのかどうか。

亀之助は、目に涙をためている善左衛門に、上手に探りをいれた。

「築地の御屋敷で、源之助さんが、家臣らの無礼な扱いをお叱りになりましたか」

善左衛門は、きょとんとして、

「いや、初めての御屋敷ゆえ、あちらの申されるよう、大人しく御受けした」と云う。

亀之助は、自分と異なる、善左衛門のうけた軽い扱いを聞き、どのように考えればよいのか途惑った。山城守の才気煥発の目は、善左衛門がとろく見えるのか。

善左衛門は、湿った声で、

「山城守様は、若年寄に就任されたばかりだ。新番のみならず、書院番、小姓組番を支配される上司である。拙者のように嫌われては、今後ずっと新番にいて、平番を勤めるしかない。五年後か十年後には御老中になられる。二十年は続くかもしれぬ」と云う。

善左衛門は愚かではない。次代を担うだろう山城守に嫌われ、嫌悪の情をもたれたことを意識し、前途を悲観した。父の伝左衛門が六十一で隠居するまで、役高六百石の組頭にもなれず、平番を勤めたことを重ね合せ、絶望的な心になったのである。亀之助は、これを聞いて、善左衛門の沈痛な心中を推察した。

亀之助は利口である。山城守が善左衛門を嫌い遠ざけようとするなら、善左衛門の方は打つ手がない。しかし僅かでも評価をよい方向へむけることは、できなくはない。

「若年寄は大名職です。山城守様は五千俵の役料にて、若年寄として諸侯との御付き合いが、大層物入りだと仄聞します。源之助さんに余裕があれば、少し御用立てしてはいかがでしょう」

善左衛門の顔付きが一変した。

「賄賂を贈るのか」と、声が擦れた。

「御世話になる者が、あちら様の物入りを少し御手伝いするのです」

善左衛門は沈黙した。余裕はないが、蓄財がなくはない。どうしてもというなら、伊於の持参金が、手付かずに残してある。

亀之助は、従兄が黙したのを尻目にかけて、

「今日、御用人の谷川殿にお会いになったのですから、次回も谷川殿に会い、御手伝いと称して差しあげればよいのです」と云う。

三十二

善左衛門は無言のままである。

「まず百両は必要です。二百両あれば、一度におもちしてもよろしいし、百両ずつ二度にわけておもちしてもよいと思います」と云うのである。

考えさせてほしい、と云って、善左衛門は、亀之助の屋敷を辞去した。春めいた夜の空に、多くの星が瞬いていた。

二月十四日の昼すぎ、里和は、小石川の実家に遊びにいった。父の高井源四郎は、水戸家の家臣として国元の諸役を務めた後、五年前の安永八年、江戸に呼ばれ、当主の側役を拝命した。水戸には広い屋敷があるが、江戸は上屋敷の中に中程度の御長屋をいただいている。里和はまだ子がないので、時々遊びにいくのである。

高井の長屋は、上屋敷の北東の隅にあり、当主の居間に近い。座敷二間はどちらも六畳しかなく、これに十畳の板間と台所がついている。里和は、昨春まで四年の間、この長屋に暮した。里和は、板間で衣類を片づける母に、婚家先のことを話した。話は善左衛門のことに及んだ。

「二日前、御本家の善左衛門様がお越しになりました。田沼山城守様より冷たい仕打ちをお受けのようで、主人をお待ちの間、悄然としておられました。長くお待たせしていいますので、お伸にお茶をお替えしなさいと申しましたら、お伸は怖いと云います。私がお茶を替えにでましたが、お顔をあげられたときの目は、確かに不気味でした」

里和は、善左衛門の苦しい立場に同情するが、不気味は不気味である。お伸は、駿河台で使っている、自分と同じ年齢の女中である。

高井は、東の通りに面した窓の下に机をもちだし、書簡を書いていた。里和の高い声がずっと聞えている。田沼山城守の名が耳に入り、思わず聞き耳をたてた。一度会ったことのある佐野善左衛門が、山城守より冷遇されているらしい。筆をおき、板間の方に娘の名を呼んだ。里和が顔を見せ、

「父上、お呼びでございますか」

「今話していた田沼様と善左衛門殿の話を詳しく申せ」と云う。

里和は、一昨日、自分が見聞きしたことに、亀之助より聞かされたことを加えて、詳細に話した。善左衛門様がお気の毒に思います、と感想を云った。

高井は、娘の話を咀嚼しようと考えこんだ。里和は、それを見て、

「いかがなさいました」と、父の深刻そうな顔が心配になった。若い娘に事情は分らないが、これは親に話すのもいけないことだったか、という思いが過《よ》ぎった。

「何でもない。少し考えるところがある。近日中に亀之助にくるよう云ってくれ」

里和は、賢い父が何かよい方策を主人に授けてくれるのなら嬉しいと思い、二つ返事で承知した。母は、台所にいき、茶菓の支度をしていた。

里和は、干菓子を食べ、なお小半時ぐずぐずした後、実家を後にした。母にもたされた到来物や野菜をお伸にもたせ、春の日差しを浴びながら、上屋敷の海鼠塀《なまこ》にそって、歩を運んでいった。四百石は小禄かもしれないが、若い亀之助の前途は明るく、幸せは里和の手の届くところにあると思った。

三十三

二月も中旬をすぎると、江戸の桜はどこも見頃をおえた。十九日の夜の風雨で、残っていた飛鳥山の桜も、すっかり散ってしまった。

二月二十日の朝、中野家の孝は、芝より番町の屋敷を訪れた。自分の生れ育った屋敷である。二人姉妹の姉は、幼い冬馬を遺して、二昔前に旅立った。孝は、間近に迫った婚儀の祝いの品を持参したのである。弥生を養女として輿入れさせる養親の立場ながら、甥は甥である。叔母として、甥の婚儀を祝いたい心がある。

母屋の奥の書院に入り、儀右衛門、頼母ら、家士の挨拶をうけた。菊も、八重に茶菓をもたせ挨拶にでた。八重が、優雅に茶菓をおいた。頼母と菊が残るよう云われた。

孝は、母屋に普請の手が入っていないのを見て、

「二人が住むのは、別棟ですか」と聞く。

頼母が、孝の疑問を理解して、

「左様、別棟でございます。新築同様に普請を致しました」と云う。

孝は、それは上々、と頷いた。菊に目をやって、

「八重がすっかり綺麗になり、見違えました。八重は幾つです」

「二十一でございます」

「あれ程の縹緻よしを、冬馬はなぜ嫌ったのでしょう」と云う。

菊は、傍らの頼母と顔を見合せた。

「いいえ。冬馬様は八重をお好きで、常にお手元でお使いでございます」

孝は、小首を傾げた。叔母だから、

「冬馬は、八重に手をつけなかったのですか。木石じゃないでしょうに」と云う。

頼母が微笑して、

「冬馬様は潔癖な御方でございます。妻として迎えるまでは慎まれます」と云う。

菊が、大きく手をふって、

「木石じゃありません。弥生様との恋は、傍目《はため》にも、夢中になっていらっしゃいます」

孝は、大きく頷いた。

「弥生は町家の娘と思えません。あれ程に気品の高い人は、他におりません」

孝は、二人を等分に見て、

「なるほど、事情は分りました。そうであるなら、八重が承知すれば、家《うち》の織之祐の嫁に貰いましょう」

織之祐は中野家の嫡男で、昨年十一月、部屋住みのまま御番入りした。

孝の言葉を聞いて、二人は喜んだ。異口同音に、

「冬馬様がお喜びなさると存じます」と云う。

孝は、ただ、条件があります。

「八重は、土屋の家の養女として輿入れして貰いましょう」と云う。

菊は思い出した。倫様はおっとりしていたが、二女の孝様は若い頃より計算高いところがあった。弥生を養女にする引き換えに、八重を土屋家の養女にせよというのである。

しかしこれは尤もな話である。旗本の縁組みは、後々の付き合いを考え、同程度の格の家同士でしか行わない。孝としては、幾ら美人でも、喜連川家の家士の娘は困る。大身の旗本で目付の重職にある冬馬の養女なら、問題はない。父の学渓は、冬馬は将来どこまで昇進するか測れないと云う。それなら、と孝は考える。孝には二男の力弥もいる。冬馬と関係を深めておくのが、織之祐の前途のためになるし、力弥の養子先の展望も開けようと思われる。

菊は思わず、頼母を見た。頼母は、

「八重の輿入れのお話、大層ありがたいことでございます。しかし八重を土屋家の養女にというお話は、冬馬様にお伺いしませんと、お返事しかねます」

頼母は、用人としての自分の立場を思い起した。条件を呑めば、八重は土屋家のお嬢様として、輿入れさせるのである。これは多大な出費である。

孝は、無頓着の体を装い、

「冬馬が御城より下ってきたら、聞いてください。私の方より、織之祐の都合を知らせるから、菊、そなたは八重を芝につれてきておくれ」と云う。

孝は、昼食を振る舞われた後、引きあげた。頼母と菊は内玄関に見送った後、辰の間で立ち話をした。二人は、

「ありがたいお話ながら、何か釈然としませんな」と云い、

「あのお嬢様は、元々算盤がお上手です」と相槌をうった。

その日七ツ、冬馬が御城より屋敷に帰ってきた。普請は終ったが、三月五日の婚儀の日まで、別棟の使用を控えていた。冬馬は、昔、父や祖父が使った母屋の居間に入り、萩野に手伝わせ、着替えをすませた。頼母と菊がきて、居間に入って座ると、二人は芝より孝

が来訪したことと、八重を嫡男、織之祐の嫁に迎えようという話を報告した。

冬馬は、内心意外に思ったが、

「それはいい。織之祐なら賢いし、温和な性格だ」と、弾んだ声で云う。頭の中で采女と比較していた。織之祐は采女と異なり、美男ではない。

頼母が、恐るおそる、八重を当家の養女として輿入れさせよ、という条件を話した。

「ふふ、叔母上の云いそうなことだ」と笑う。

「いかが致しましょう」

「八重が会ってみて、織之祐に嫁にいくと、はっきり云えば、私の養女にしよう」

ちょうど八重が茶をもって入ってきた。冬馬も、頼母も、口を噤んだ。

八重が座敷をでていくと、頼母が口を開き、

「当家と血縁のない者を養女にしてよろしいのですか」と聞く。

冬馬は、理解しにくい表情になり、

「弥生も、叔母上の家と血縁はない。しかも」と、云い淀んだ。頼母と菊は、冬馬の顔を見た。冬馬は、

「弥生との偶然の縁がなければ、私は八重と結ばれていた」と、云ってしまった。

二人は納得した。頼母は用人として、大きな出費は押える立場である。しかし無意識のうちに、これよりは木曽屋が、木曽屋の財力が後ろについている、と思った。孝より連絡がくれば、菊が八重を芝の屋敷に伴い、見合いをさせることにした。冬馬は、

「八重が嫌なら無理強いしてはならない。別の縁を探そう」と注意した。

菊が八重に話すことにして、三人の話が終った。中庭は春の日が遅々として暮れようとしていた。

廊下に近習の伊織が現れ、明神下の吉弥がきた、と知らせた。冬馬は、

「戌の間に通し、遠くよりきたのだから、茶をだそう」

戌の間は、母屋の北西にある小部屋である。冬馬が入っていくと、吉弥と熊市が揃って平伏した。冬馬は、よせ、他人行儀な、と笑った。

二人は顔をあげ、冬馬に頬笑んだ。冬馬が、

「何事か起きたか」と聞く。

婚約以来、番町の屋敷より、毎夜家士を木曽屋にやっている。吉弥らを二人ずつ交替で張りつけたのを改めたのである。しかしその後も、交替で一人が張りついている。

吉弥がおかしそうに、

「木曽屋さんじゃございません。藤木屋の御新造さんが、息子の清一の手掛りを掴みたいと、最近になって、定廻り同心の根無善太郎に頼んだそうでございます」

「あの犬の同心か」

「その犬でございます。清一は、木曽屋さんの忠三と一緒に失踪しましたので、昨日犬が室町の店にやってきて、番頭さんに主人に会わせろ、と居丈高に大声をあげたのが、表の客間にいた浦田様のお耳に入ったのです。浦田様が応対にでられて、この店は土屋志摩守様の飛地の一つだ。拙者が用向きを聞くと仰ったら、根無の奴、青くなって逃げだしたというじゃありませんか。堀江町の弥之助がついてきたんですが、店においていかれ、何のことか分らず往生した、とこぼしてましたよ」と云う。

冬馬は、少し気になった。

「藤木屋は根無に金を渡していよう。清一を探すと云って、何のかんのと無心されているんじゃないか」

吉弥は、それそれという顔をして、

「根無は悪い奴ですので、あっしも気になり、木曽屋の御新造さんより、藤木屋の御新造さんにあれを相手にしないよう云ってやっては、とお願いしました。御新造さんはお千代さんのすることだから、ほっとくしかないと仰います」と云う。

冬馬は、志津が兄嫁を見放している、と感じた。

八重が茶菓をもってきた。菓子は、麹町の両口堂の餡菓子である。吉弥も熊市も，八重の色香に見惚《みと》れてしまった。二人は、後ろ姿を目で追った。

吉弥が我に返り、

「今日、あっしらが参りましたのは、根無のことではございません。前に土屋様にお聞きしておりました黒沼春一郎の動静を、数日前に熊市が摑んできましたので、これをご報告に参りました」と云う。

吉弥の目配せで、熊市が元気よく報告した。

「下谷の廣延寺にいるというので、あっしらは手空きのときに、ちょいちょい見にいっております。二日前の朝、あっしが和助と下谷辺りを歩いてましたら、廣延寺さんより若い侍がでてきました。着流しで帯に刀を落して、崩れた感じがございます。ずっと尾行していきましたら、大川を渡り、向島の小梅村《こんめむら》、大口屋の別宅に入りました」

冬馬は驚き、開三郎の別宅かと聞いた。熊市は、左様です、大口屋開三郎の別宅ですと返答した。

冬馬は、吉弥を見て、

「驚いた。そろそろ食いつめる頃かと思うが、春一郎が開三郎のところに転がりこむとは思わなかった」

和助が、別宅の小者に小銭を摑ませた。小者は、侍の名は云わないが、あれは主殺しの怖い男だと云った。吉弥が、まず春一郎と見てよいと云う。

三十四

御城に勤番するのは、番士の順位でいうと、小姓組番、書院番、新番、大番、小十人《こじゅうにん》組の五つである。これを五番方という。小十人は扈従人の意味である。

御番勤めは日に三度の交替がある。朝五ツに登城するのが朝番、朝四ツに登城するのが夕番、夕七ツまでに登城するのが寝番である。

二月二十二日の午後八ツ、善左衛門は、金子二百両をもち、再び築地の屋敷に山城守を訪問した。山城守は、御城より帰邸していた。御目通りを願ったが、前回と同じく、近習の者が、御疲れにて御会いになりません、と云う。善左衛門は、用人の谷口又五郎に面会を求めた。暫しお待ちをと、待たされた。

金子は、伊於の持参金より百三十両を補充した。伊於は、容貌は十人並みながら、武士の娘として薙刀の心得があるし、琴や茶の湯も人が感心するほど上手である。父の失脚により、兄とともに不遇な日を過した。三十になって善左衛門に嫁し、子に恵まれないことに引け目を感じていた。主人の懊悩を見ていられなかった。

二十日の夜、伊於は、弟を見る、やさしい眼差しで、

「田沼様に金子を献上して、あなたの御運が開けますなら、持参金を全部お使いになってもよろしいのです」と、健気に云う。善左衛門は、

「亀之助の云うように、家譜や古文書をお貸ししたのに無視された。献金しても、両番筋に転じさせて貰えるかどうか、分らない」

「亀之助さんと同じ小納戸でもよろしいじゃありませんか」

善左衛門は溜め息交りに、

「むろん小納戸に転じたい。新番より格上だ。亀之助は幸運な奴だ」

そのような思いをこめて、持参した金子である。四半時は待たされた。ようやく谷口が控えの間に姿をみせた。四十台か、如才のない用人である。

「お待たせ致した。して、本日の御用向きは」と聞く。

善左衛門は、持参した包みを解き、桐箱を呈上した。

「御用の足しになりますか、拙者、寸志を届けに参上しました」と挨拶した。

「殊勝な御心がけ、殿もさぞ御喜びになられよう。拙者より謹んで御礼を申し上げる」

谷口の挨拶が鄭重なので、善左衛門は気をよくして、

「山城守様によろしく御伝えくださいますよう、願い上げます」と依頼し、前回より腑におちなく思っている話をもちだした。

「つかぬことを御伺いしますが、佐野の家の家譜や古文書は、御当家の御役に立ちませんでしたか」

谷口は、当惑した表情をみせ、

「お借りした古文書を碩学の者が拝見し、悉く偽文書だと判定しました。元亀《げんき》天正の各地の合戦が終ると、諸家が一斉に偽文書の作成に掛ったと申しますな」と云う。

善左衛門は、全身の血が逆流した。名家の出という誇りが、学識しかない者に汚されたという思いである。

二月三十日、善左衛門は、寝番が明け屋敷に帰ると、立派な羽織袴に着替え、小石川へ出掛けた。番町より牛込門にいき、外濠沿いに歩いた。晩春の日差しが、武家屋敷の甍や樹木に踊っていた。善左衛門の心は、重く沈んでいた。今回は伊於の持参金に手をつけたのに、効果は全く見通せなくなった。

小石川門の橋を渡り外曲輪をでると、目の前に水戸家の上屋敷がある。右に長く海鼠塀が続き、左にこれも長く築地塀が続いている。築地塀の中には、光圀が造らせた後楽園がある。善左衛門は、打ち合せどおり、高井源四郎の御長屋を訪ねた。四ツをかなりすぎていた。亀之助は、四ツ半には必ずつくよう云っていた。

善左衛門が訪《おとな》いの声をかけると、すぐ上品な妻室がでてきた。

「旦那様。佐野善左衛門様がお越しになりました」と、座敷の源四郎に知らせた。

高井は麻裃姿である。善左衛門を招きいれ、座敷で挨拶を交した。高井は、

「ともあれ、御殿に参ろう」と、善左衛門を誘い、中庭を回って、内玄関より御殿の中に案内した。広く、大きな御殿である。廊下には麻裃の侍が行き来し、襖を開け放した座敷には麻裃の侍が何人も執務していた。立派な床や棚があり、上段の間がある書院に通じる廊下にくると、高井が、

「暫しここに御控えなされ」と云い、善左衛門を廊下の端に端座させた。

かなりの時が流れた。と思ったとき、廊下の奥より、明色の羽織を着た人が、麻裃の侍を何人か従え、書院の入口に歩いてきた。

高井がきて、

「御成り」だと、耳元で云った。

善左衛門は、廊下の端に平伏した。水戸宰相治保《はるもり》が近くまできた。三十四歳である。

三十四

「この者が新番、佐野善左衛門でございます。佐野、少しく面をあげよ」

高井の声で、顔をあげた。宰相が頷いてみせた。宰相は廊下をいき、二人、三人、四人と侍が続いた。水戸様の御目通りの儀式が終った。

高井は先に立ち、善左衛門を御長屋に案内した。妻室が昼食の支度を整え、二人の帰りを待っていた。高井の着替えを待ち、座敷で昼食をとった。膳の上には、鯛の甘煮、鰆の照り焼き、筍の煮付けなどがのせられていた。高井が、今日は非番ですと云って、常州の酒を用意していた。中間の東八は、台所で湯漬けを貰った。

善左衛門は、昼食の味がよく分らなかった。気が昂っていた。昼食がすむと、善左衛門は、東八を屋敷に帰し、高井は、妻室を駒込中屋敷へ使いにやった。

高井は、酒で顔を仄かに染め、

「亀之助より事情は聞いております。田沼様が善左衛門殿に冷たく当られるのは、相性が悪いのでしょうか。昔、家来筋だった者が今は上役というだけでも堪らないのに、威権を笠にきて理不尽な仕打ちの数々。酒が入っておりましたら、斬って捨てようか、という気になりますすな」と云う。

高井に酌をされ、盃をもちながら、善左衛門は涙声になった。

「拙者は、なぜ苛められるのか理由が分りません。昔の縁があり、目をかけてくださってもよいところを、なぜ遠ざけられるのか」

高井は、分る、分る、と頷きながら、酌をする。常州の甘い酒である。善左衛門は、「山城守様の御顔が浮ぶと、もう眠れません。朝まで一睡もできぬ夜がございました」と正直に云ってしまった。

高井は、善左衛門の様子をじっと観察していた。大皿より鱲子《からすみ》やナマコを、善左衛門の皿にとってやりながら、

「辛いことだ」と相槌をうった。

三十五

三月三日は上巳《じょうし》の節句である。大名や旗本は、麻裃、熨斗目《のしめ》、長袴を着用して、五ツに登城した。

この日、日本橋室町の木曽屋より、箪笥十棹、長持二十棹などが、大勢の人足を使って番町の土屋家に運びいれられた。荷の運び入れが終ると、木曽屋は、下男下女に至るまで屋敷中の者に、祝儀の金百疋を配付した。頼母もこれを貰い、およそ百六十人として四十両の出費だと計算した。

頼母は菊より祝儀を受けとり、

「これはしまった。森さん、山元さんが、木曽屋さんに結納を届けたとき、結納は十分におもちしたが、向うで御祝儀を配るのは失念しました」と云う。

森は用人の森酉之祐、山元は奥向き御用の山元太郎左衛門である。

菊が、同情顔をした。

「御荷をいれ御祝儀を配る。これは町家の仕来りでございましょう」

三月五日がきた。弥生の輿入れの日である。好晴の朝、番町より駕籠三挺、供侍十人を室町の木曽屋にやった。藤左衛門が、三つ石畳の家紋の駕籠を見て、

「今日は私も御旗本の御駕籠に乗っていくのかい」と、喜びを隠しきれないで、大勢の店の者に云った。

武家の婚儀は、ふつう、夕方より行われる。七ツ、番町の屋敷は、門を開け放ち、左右に高張り提灯を五張りずつたて、玄関への左右に家紋入りの幕をはった。

冬馬は、七ツに屋敷に帰った。芝の中野加賀守と孝が駕籠二挺で、ほぼ同じ七ツに来訪した。弥生、志津、藤左衛門の駕籠は、僅かに遅れて到着した。

弥生の駕籠は、玄関の式台より土屋家の四人の女中が担いで、母屋の表の書院前の廊下においた。菊が弥生を書院に導いた。これが文字どおり、輿入れである。

床の間の前に金屏風をおき、新郎新婦の座を設けた。簡素な婚儀を計画し、客の招待を制限したが、それでも二十畳の座敷に親戚や祝い客が二十人近く並んだ。

弥生が、純白の綿帽子を被り、白無垢の小袖、打ち掛けの姿で座敷に入り、静かに新婦の座についた。弥生の通るのを見上げる人々より、ほおっ、と嘆賞の声が漏れた。

三々九度の盃事がすみ、来客への饗応になった。藤左衛門は、北町奉行所の島村征一郎

の顔を見て、嬉しく思った。自分の知り合いは、義妹の志野が嫁した本郷の両替屋、万屋《よろず》の夫婦だけだった。藤左衛門が本日参会して貰った御礼を述べたところ、征一郎は両の頬を緩めて、

「あの日の難儀が今日の慶事に繋がろうとは、拙者、考えなかった」と云って、高々と盃をあげた。藤左衛門も、同じ思いである。

祝宴が進み、参会者が思い思いに談笑し始めた。征一郎は、新郎新婦の前にいき、二人に心より御祝いの言葉を述べた。冬馬の傍らに回って、

「冬馬さんを襲ったいつぞやの浪人は、小伝馬町の牢内で変死しました。開三郎の遣り口だと思います。検挙したいのは山々ながら、尻尾をだしません」と云う。

冬馬も声を潜め、

「吉弥より、妻木の家を放逐された黒沼春一郎という者が、開三郎の別宅に転がりこんだと聞きました。捨て鉢になっているので、何をするかと懸念しています」と云う。

「拙者も、吉弥より聞きました。用心していましょう」

六ツ半頃、饗応が終った。参会者は次々に屋敷を辞した。木曽屋の夫妻は、土屋の家の駕籠で室町に送られた。志津が、

「弥生は大丈夫でしょうか」と、不安を口にした。藤左衛門が、

「心配はない。大好きな土屋様と御一緒だよ」と、志津の不安な心を宥めた。

晩春の暖かい日だったが、夜は少し冷えた。駕籠の窓をあけて覗くと、中空に上弦の月が朧に霞んでいた。

三月六日、朝より木曽屋は通常の業務を始めた。藤左衛門は、朝食をすますと、いつものように仕事に掛った。志津は、弥生のいない、がらんとした部屋を見回し、娘を失った喪失感に襲われた。冬馬より、毎日屋敷にきてくれてよい、と繰り返し云われた。しかし当分は慎んでおこうと思う。

昼頃、勝手口より、明神下の吉弥が顔をだした。

「お嬢様のお輿入れ、おめでとうございます」と、祝いの言葉を述べた。

「ありがとう。皆さんには大層お世話になり、お礼を申します」

「土屋様が御主人様とは、これ以上おめでたいことはございません」

志津は、信頼する相手だから、

「身分違いですから、心配の種はつきません」と正直に云った。

吉弥は、嬉しそうな顔をして、

「なあに、土屋様はそんじょそこらのお武家じゃございません」と云う。

「それは承知していますが」と、母は娘を気遣うのである。

吉弥が話を転じ、

「藤木屋の清一さんでございますが、根無善太郎の奴が、ここの忠三が清一さんを吉原に誘い、吉原で何か揉め事に巻きこまれ消されたのだろうと当りをつけ、盛んに嗅ぎ回っているようでございます。忠三は前より吉原通いをしておりましたか」と聞く。

「さあ、店の者が吉原通いをしているかどうか、私には分りません。ですが、忠三に金はなかった、と思います」としか答えられない。

吉弥は、やはりそうかという顔で、

「吉原を調べて回るとなりゃ、これは時間と金が掛ります。根無が、藤木屋の御新造さんより金子を巻きあげる魂胆でしょう」と云うのである。

藤木屋の兄は、二男の平蔵に店を譲る積りだったが、出来の悪い惣領息子、清一の失踪に心を痛めた。兄嫁の千代は、一緒に失踪したのが木曽屋の忠三だから、忠三が誘ったと思いこみ、木曽屋を恨んでいた。弥生の支度に兄は呉服屋として最大の支援をしてくれたが、自分らが出席しては縁起が悪かろうと云って、婚儀への出席は見送った。

吉弥の話を聞き、志津は、

「藤木屋が悪い同心に集《たか》られ続けても、いけない。ここはやはり私が、兄に話してみようかね」と、考えながら云う。

吉弥は、相槌をうち、

「御新造さん、是非そうしてやってください」と、熱意を顔に示して勧めた。吉弥は二人が吉原なぞにいっていない、と確信していた。見当違いだ。失踪して、五箇月も経過している。生死は分らないが、もう生きていないだろうと思う。藤木屋が犬のクソ同心に食い物にされているのは、傍目に見ていられない。

三十六

御上は鷹狩りを好み、千駄木、雑司ヶ谷、二箇所の鷹部屋は百羽を超える鷹を飼育していた。三月六日、御上は目黒村近くに鷹狩りを行った。時候はよく、天候もよく、若い頃より弓馬に優れる御上は、およそ一里半ある道程を馬を駆けさせた。近習はじめ、供奉の者も乗馬して扈従した。

大名家の下屋敷の並ぶ白銀《しろかね》を通り、行人坂《ぎょうにんざか》を下ると、目黒川の細流がある。石の太鼓橋を渡り、川沿いに進んで、田圃の中の鷹場に到着した。御上は御休所で、供奉の者や鷹匠らと同じく、野半纏、股引きに着替え、脚絆をつけ、草鞋《わらじ》を履いた。これで鷹匠と同じになったのではない。鷹匠は一文字の菅笠を被っていた。

鷹狩りは面白いほど獲物がとれた。御上自ら、雉を二十羽、兎を十匹捕獲した。供奉の者も、多数の獲物をとった。なお日が高く、帰城には早かった。山城守は、鷹場で輪乗りを御覧に供することにした。輪乗りは布衣《ほい》以上、すなわち六位以上の者、並びに近習の者が行い、番士の中より乗馬に巧みな者を加えることにした。

御厩は、西の丸下、雉子橋、鍛冶橋、桜田にあった。前二者は、御上乗用の馬をおいている。佐野善左衛門は、この日の早朝、鍛冶橋の御厩より借りた馬にのって、目黒村まで供奉した。厩方の者は、善左衛門が大柄なのを見て、大柄な馬を引きだしてきた。これがしくじりの種をまいた。善左衛門は身幅が広いが、身丈は中くらいに止まる。

善左衛門は馬術は程々である。輪乗りに加わろうと、馬繋ぎにいった。数人の者が馬を探したり、乗馬したりしていた。善左衛門が自分の馬の手綱をとり、馬の背に手をかけたとき、数間向うより、馬上の山城守が自分を見ているのに気づいた。善左衛門は上気してしまった。

鐙《あぶみ》をふみ、馬の背にのろうとしたら、少し足が届かなかった。鍛冶橋の御厩でも、途中小憩をとった増上寺でも、乗るのに工夫がいった。善左衛門は狼狽した。思わず、手綱を強く引いたため、馬が棹立ちになり、鐙が外れた。善左衛門は転倒した。山城守が近くにきて、馬上より、

「佐野、そなたは輪乗りを遠慮せよ」と命じ、馬繋ぎをでていった。側近者の馬が、これに続いた。

馬は、脊梁《せきりょう》まで四尺を基準とする。借りた馬は優に四尺三寸はあった。厩方の者が大柄

な馬を引いてきたとき、中程か小柄な馬を希望すればよかったのである。善左衛門の浅慮が招いた、しくじりというしかなかった。善左衛門は、手綱を強く握ったまま、左の手で地面の土を摑んだ。ただただ悔しかった。

輪乗りは、三十数騎が直径二町ばかりの円を描いて、勇壮に騎行した。並足がすぐ速足になり、暫くして駆足に移った。駆足で三周を描いたと見るや、輪の外より単騎、山城守がとびだし、扇子を開き一振りした。これを目にして三十数騎がぴたっと停止し、向きを反転した。今度も駆足で三周を描いて、ぴたっと停止した。

三月九日、七十の岡部河内守が使いして、桜田濠に面した井伊掃部頭《かもんのかみ》の上屋敷に御上のとった雉五羽を届けた。河内守は小納戸頭取で、御上の側近中の側近である。

三月十日の夕方、善左衛門は、水戸家の上屋敷に高井源四郎を訪ねた。前以て来訪するよう書状を貰っていた。妻室が、

「お出でになりましたら、御殿に知らせるよう旦那様が申しつけられました。暫くお待ちくださいませ」と挨拶して、中間を御殿にやった。

高井が麻裃の姿で御長屋に帰ってきた。すぐ着替えをし、善左衛門の待つ隣の座敷に姿をみせた。丁寧に挨拶を交し終ると、高井は、錦の刀袋に納めた刀を差しだした。

善左衛門は、二尺数寸と目測した。

「何でございます」

高井が、刀袋を頭上に掲げてみせ、

「殿より、そなたに下賜された。粟田口忠綱作の脇差です」と云う。

善左衛門は、不審さが募り、手をだせない。高井は、片膝ずつ善左衛門の方に膝行して近づくと、声を落して、

「水戸家は田沼山城守様に不信感がある。御上が驕慢な山城守様を若年寄に任命されたのは御軽率ではなかったか、という思いがある」と云う。

善左衛門は、味方をえた嬉しさがある一方、水戸宰相より脇差を下賜されるのは、自分に何を命じるのか分らなかった。いや、薄々理解し、空恐ろしくなった。

「拙者ごときに荊軻《けいか》が務まりましょうか」と聞く。荊軻は、昔、秦王を刺殺せんと、風蕭々たる易水《えきすい》を渡った衛の人である。

高井は、大きく手をふり、

「違う、違う。荊軻をそなたに割りふったのではない。殿は常に徳川宗家の御安泰を念願しておられる。山城守様は、いずれ御老中に陞《のぼ》られる。御舅の周防守様は、既に二十数年

も御老中を務めておられる。将来、遠くない将来、山城守様の長期の執政が続いて、徳川の御宗家に禍いする所業があれば、そのときは荊軻の出番です」と云う。

善左衛門は、無言である。無言で畳を見ている。

高井は、荊軻の役を割りふったのではない、と云う。その舌の根が乾かぬうちに、将来の話としながらも、荊軻の役を割りふったと云うのである。

高井は、善左衛門の顔を下より覗きこむように見て、

「仮に荊軻の出番があるにせよ、これは名家の出の者にしか務まりますまい」と云う。

善左衛門は、なお無言である。高井は、相手の様子を具《つぶさ》に観察し、年長者が諭す穏やかな口調で、

「山城守様より常々、煮え湯を飲まされる善左衛門殿なら、粟田口忠綱を腰におびることにより、心の平静を保たれることになりましょう」と忠告した。

これを聞き、善左衛門がそっと顔をあげた。理不尽な仕打ちをうければ、いつでも反撃ができる。なるほど、と思った。手の平を反《かえ》して、両の手をだした。

高井が、刀袋を、善左衛門の両手にのせた。水戸宰相の側近者として、これはやらねばならない嫌な役である。

今回の秘事が行われるに当り、高井の同役たる側役の一人、石川喜平太が事の成り行きを心配し、注意したことがある。宰相が登城中、御殿の一室で、

「宝暦十年、御側用人の大岡出雲守様が病いの加療中、九代様より内々の見舞いの使者があり、快気次第、御老中を命じるという御内意があったと噂された」と云う。

二昔前、先代の水戸宰相、宗翰《むねもと》様の時代の話である。高井には初耳である。

「大岡様の病いは快方に向っていたというのに、なぜか急逝された。その直後、当家家中の一人が腹を切り、用人の一人が水戸に帰された。大岡様の急逝と関係があったかどうか知らないが、貴殿は慎重に事を運ばれよ」と云うのである。

三十七

三月十五日は、御城の式日である。毎月一と十五の日を月次《つきなみ》御礼といい、在府の大名や旗本が総登城する。

三月は、冬馬は御用番である。御城で月番目付として、気忙《きぜわ》しい一日を過した。新妻の待つ番町の屋敷に帰ったのは、七ツ頃である。日が傾いていたが、空も、屋敷町も、十分に明るかった。弥生はじめ、頼母、酉之祐に加え、菊も玄関に出迎えた。菊は、御相談がありますと、と云う。

冬馬は居間にいき、着替えをした。弥生が手伝おうとするが、冬馬は、従前どおり萩野に手伝わせた。八重が茶をもってくるのも、従前どおりである。弥生は、自分がしたいと云う。冬馬は、そのうちに頼もうと云う。弥生が連れてきたお通を含め、若い女が四人もいて、別棟は益々華やいだ。

冬馬が小袖と袴になったとき、菊が姿をみせた。冬馬が廊下にでていくと、菊が、座敷にいる弥生や、八重を気にして、小声で、御相談は八重のことです、と云う。

冬馬は、この日、木曽屋の藤左衛門夫妻を夕餉に招いていた。二人は、一時《いっとき》も前に来訪し、西の三の間にいる。冬馬は、急ぐ話か、と聞いた。

「八重が悩んでいます」

「なら話を聞こう」

冬馬は座敷の弥生に、

「私も、すぐいく」と云って、脇差をさし、菊と母屋の戌の間にいった。

菊は廊下側の障子をしめると、冬馬の近くに座った。

「八重が、中野様の若様のお話に、強く難色を示しております」

冬馬は、菊の目を見返し、

「織之祐は気にいったが、肝腎の八重は気が進まないということか」と聞く。

「中野様の若様は、八重を大層お気に召しました。ですが、八重が」と云い淀む。

「八重が、織之祐を嫌った」と、冬馬は直截に云った。

菊は冬馬の顔を見ながら、

「一昨日、私も八重と一緒に芝の御屋敷に参りました。若様、孝様と四半時くらいお会いしました。若様が大層お気に召したのは、すぐ分りました。ただ若様のお言葉が、あちらの御屋敷の女中らに対するのと同様だと拝見しました」と云う。

冬馬は、軽く眉を顰めて、

「織之祐は八重を見下したのか」と聞く。

「私はそう感じました。八重も意外に思ったに違いありません。芝よりの帰りも、番町に帰ってきても、八重はずっと鬱《ふさ》いでおります」

「織之祐は賢く素直だったが、人が変ったか。私が判断を誤ったようだ。八重に、この話断ってよい、と云ってやれ。悩んでいては、かわいそうだ」

菊は冬馬を見て、断ってよろしいのですか、と聞く。

「私が今夜、御縁がなかった、と叔母上に一筆書こう。八重には、この屋敷に好きなだけいるように、と云ってやれ。別の縁を探そう」と云う一方、

「そうだ。兵右衛門に頼んでは、どうだろう。兵右衛門は土浦の江戸家老だ。家中の然るべき者を知っていよう」

「矢代様にお頼みしますのは、私、思いつきませんでした」

菊は、嬉しそうな表情をした。矢代様なら、顔が広いし、誠実な方である。当家に何度も出入りされ、八重を見ておられる。菊は、少し肩の荷が軽くなる気がした。

冬馬は母屋より取って返し、別棟の西の三の間に入った。冬馬の東の三の間とは、部屋の内部が対称になっている。藤左衛門の尽力により、東西の、居間はじめ、寝室用の次の間も、客座敷に使う三の間も、六部屋が新築のように仕上った。冬馬は、木曽屋の夫妻と挨拶を交し、待たせたことを詫びた。

藤左衛門も、志津も、弥生が旗本の家で、新妻として幸せにしているのを見た。親の目にも、娘がこれ程に美しかったかと、じっと顔を見た。

太郎左衛門がきて、御用を伺った。冬馬が、

「私が遅れ、何かと遅くなった。夕餉を運んでほしい」と催促した。

太郎左衛門は、主客の四人を見回して、

「すぐお出し致します」と云う。

木曽屋夫妻は先刻、娘より、当家では、二人が旧知の山元太郎左衛門が奥向き御用の職にある、と教えられた。

菊が指図して、女中四人が膳を運びこんだ。膳の上の一番の御馳走は、大きな鮑の焼き物である。焼いた鮑の身に細くきった浅草海苔をのせ、濃口の醤油をかけてある。白味噌につけた甘鯛を香ばしく焼いたのも、食欲をそそった。御飯は今が旬の蛤を煮て、白米に

雑ぜ合せた蛤御飯をだした。旗本屋敷の料理人の工夫がよく見てとれた。

三の間には、花柄の絵蝋燭をたてた燭台二台がおかれている。冬馬と藤左衛門は天野酒を飲んだ。冬馬は富商を舅にもつとは考えなかったし、藤左衛門は大身の旗本を婿にもつとは考えなかった。昌平坂の事件と、弥生の美貌が、およそ無縁のはずの二人を灯火の下に結びつけたのである。

弥生は、二人を見て、何がおかしいのか笑った。志津は、それを見て、娘の幸せと母の幸せを感じた。冬馬が、

「私は、御城の宿直《とのい》があります。弥生は、その夜は留守番です。当月二十一日より四日の間、鎌倉に出向きます。鶴岡八幡宮の僧侶と神官の間が不穏という噂があり、私は検察にいきます。その間、一日でも二日でも母御が当家にお越しになれば、弥生が喜ぶかと思います」と云う。

鶴岡八幡宮は、神仏習合下において、神社であり寺院である。祭祀は僧侶が司り、神事は神官が司祭した。

志津は、冬馬の心遣いに感謝して、

「では、寄せていただきたいと存じます」と挨拶した。

志津は、ついでに、藤木屋のことを話題にした。

「藤木屋の千代さんが清一の手掛りをと、同心の根無さんに調べて貰っていますが、明神下の親分が、ただ金子を巻きあげられるだけだ、と注意してくださいました。私が藤木屋の兄にそのことを申しましたが、兄は、少々の金子は構わない、と申します」

「失踪して半年、音沙汰がない。清一はかわいそうだが、生きていないでしょう。根無のような悪党と関わるのは、よくない。北町の古川儀右衛門に頼んで、根無の出入りを禁止させましょう」と返答した。

古川は、北町奉行直淵甲斐守の用人である。

同じ頃、母屋の戌の間では、障子をしめきり、頼母と菊が向きあっていた。八重の縁談について内話していた。

頼母は、菊より話を聞き、

「八重は素性こそ卑しからざるも当家の女中です。中野様の若様が女中扱いされても仕方ありますまい」と云う。

菊は、それはないと思い、

「当家の養女として輿入れさせるのですから、女中ではありません」と反発した。

頼母は、燭台の蝋燭の芯が燃える微かな音を聞いた。

「八重も、萩野も、冬馬様の御妹の積りでいます。二人を縁付けるのは、これは容易ではないでしょう」

菊は、芝の孝様への御使いは自分がいかざるをえないが、駿河台下の矢代兵右衛門様へは頼母がいくことになろうと思い、内話しているのである。頼母はこのとき、菊が二人を他の女中と別扱いにしてきた、と婉曲に批判した。頼母は、八重を縁付けるのは難しいと思う。八重はずっと冬馬様を好きなのだ、と思う。

三十八

三月二十一日、好晴の朝、冬馬は番町の屋敷を出立した。浦田為之丞、皆川修輔を供にした。雑用が多かろうと、中間二人を引きつれた。徒目付ら属僚や、月番寺社奉行の安藤対馬守の用人、安田三左衛門の一行と、五ツに芝口門で落ちあった。東海道への起点たる芝口門は、享保年間に焼失し址《あと》しか残っていない。

この日、佐野善左衛門は、登城するさい、粟田口忠綱の脇差を腰におびた。二尺一寸の刃長で、刀の刃長は二尺八寸である。腰に佩刀二本の重さを、ずっしりと感じた。拝領の後、日夜、脇差を眺めているうち、五年先か、十年先か分らない、その時がくるのを待つ重圧に耐えられなくなった。今日その時がきてもよい。そう思いもした。

三月二十四日、運命の日が普段と変りなく、やってきた。善左衛門は、四ツまでに登城する夕番に当っていた。普段と同じく、時刻よりかなり前に本丸御殿につき、桔梗の間に隣接する、新番の詰所に入った。詰所は十畳の座敷である。善左衛門と相前後して、同役の万年六三郎、猪飼《いがい》五郎兵衛、田沢伝左衛門、向井主税の四人も、詰所に入った。

三十八

この日の善左衛門の服装は、二枚小袖に継裃である。すなわち黒羽二重の小袖に郡内縞の小袖を重ね着し、黒龍紋の肩衣《かたぎぬ》、萌葱縞《もえぎじま》の仙台平《せんだいひら》の袴である。伊於は、善左衛門が番町の屋敷をでるとき、葱《ねぎ》の萌え出ずる緑の色は明色にすぎると思った。若いのだからそれもよいか、と思い直した。これが、善左衛門の姿を見る最後になった。

老中や若年寄は、毎日八ツ頃、御用部屋を退出する。時斗《とけい》の間を通り、新番の詰所前の廊下、中の間、桔梗の間を通り、納戸前廊下、台所前廊下、大廊下を通って、下部屋へと戻るのである。各自の下部屋より御用部屋に入るのを登城といい、登城のとき退出のときは、諸役人より出迎え、見送りをうけた。

この日は、九ツ半頃、老中が退出した。これに続いて、若年寄の酒井石見守、太田備後守、および田沼山城守が、新番詰所前の廊下に姿をみせた。これは廊下といえ、二十七畳の座敷である。六十四になる田沢伝左衛門が、戸越しに気配を感じ、

「御退出が早いな」と、誰に云うでもなく呟いた。

そのときである。善左衛門が立ち上り、詰所前の廊下にでる戸をさっとあけた。山城守ら三人の若年寄は、麻裃の背中をみせ、中の間に入ろうとしていた。善左衛門は、褐色《かちいろ》の肩衣の山城守を識別すると、長い脇差をぬき、

「申し上げます、申し上げます」と、小走りで後を追った。

三人は高齢の石見守が先に立ち、一歩遅れて備後守と山城守が肩を並べた。善左衛門の声を聞き、山城守が振り返った。

中の間は四十畳の座敷である。この部屋には、通行する東半分をあけて、大目付、勘定奉行、作事奉行、普請奉行、小普請奉行、留守居番、町奉行、小普請支配、新番頭、目付という職にある、十六人の者が見送りのため、ずらっと並んでいた。その目の前を抜き身をもった番士が走った。

皆が何事かと、あっけにとられたとき、善左衛門が、

「えいっ」と脇差を振《ふる》った。

東の桔梗の間にでる、中の間の北東の隅で、刃傷が突発したのである。山城守は、咄嗟に自分の脇差を鞘ごとぬき、顔の前に構えて、刃をうけとめようとした。善左衛門の強い力は、これを叩き落し、山城守を左の肩より袈裟懸けに斬り落した。山城守は、三十六畳敷きの桔梗の間へと逃げた。

善左衛門はさらに後を追い、肩衣の上より背や胴を何度も斬りつけた。袴の上より両股も二度斬りつけた。山城守は、桔梗の間の東の端に、うつぶせに倒れた。善左衛門は止め

をさそうとして足元がよろけた。大目付の松平対馬守が駆けつけ、背後より、

「慮外者」と叱咤して、強く組みついた。

対馬守は、相手の太い体を押えこもうとしたが、七十歳の手に余った。そのとき、南隣の焼火《たきび》の間より、目付の柳生主膳正が駆けつけた。対馬守が主膳正に、鋭い声で、

「刀を取りあげよ」と命令した。

主膳正は屈んで、善左衛門の脇差を捥《も》ぎとった。

備後守の指図で、山城守は数人の坊主に抱えられ、下部屋に運ばれた。番医二人が治療に当ったが、疵が多数で出血多量である。中でも肩より胸にかけて長さ八寸、深さ一寸の疵と、両股どちらも長さ三寸の疵が、深手である。致命傷はなかったが、中の間や桔梗の間は、流血淋漓《りんり》たる有様だった。

山城守は、自分の駕籠にのせられ、神田橋門内の田沼家上屋敷に運ばれた。父の主殿頭は、驚愕し、言葉を失った。

月番目付は、柳生主膳正と土屋冬馬である。冬馬は、この日、鎌倉より江戸に帰る途上にあった。主膳正の指図で、善左衛門を、玄関に近い蘇鉄の間に引きたてた。ここは三間に十一間半の細長い部屋で、隅に屏風囲いをして、その中に善左衛門をいれ、徒目付数人

に張り番をさせた。

善左衛門は、囲いの中で端座していた。肩衣や袴には山城守の血が、べっとり付着していた。全身に極度の疲労感があった。善左衛門は、

「何も今日やることはなかった」と、頭の中で呟いた。囲いの外より徒目付の一人が、

「何か申されたか」と聞く。

善左衛門は、この問に返答しなかった。水戸家の高井源四郎より聞かされた刃傷の話を想起していた。八代様のとき、水野隼人正が松の廊下で刃傷し、信州松本七万石は改易になり、隼人正は武州川越の秋元家に御預けになったという。自分は大名ではないが、旗本として、処罰は大名家の御預けになろう。

一時《いっとき》がすぎ、一時半がすぎた。善左衛門は、時のすぎるのが分らなかった。晩春の日が遅々として傾く七ツ頃か、外の板敷きの廊下に微かに足音が聞えた。一人か二人か、戸をあけて入ってきた。

入来の者に向い、徒目付が、これより小伝馬町《こでんまちょう》に身柄を移します、と云う。

「我らが差し添えを命じられた。然るに小伝馬町に移すなど、出鱈目な遣り方だ。決して承服できぬぞ」と、昂った声である。同役の長坂伝四郎の声だと分った。

別の一人も主張した。

「家禄五百石の旗本ではないか。陪臣の赤穂浪人を大名家に預け、直参を小伝馬町に送るなど、拙者も承服できぬぞ」と云う。これは松島熊五郎の声である。

別の徒目付が二人の前にでて、落ちついた声で、

「拙者は組頭の石田修一郎でございます。加納遠江守様より御指図でございます。小伝馬町に送るしかございません」と、負けずに応じた。遠江守は、月番若年寄である。

裁判前の勾留は、御目見以上で五百石以上の武士は、小伝馬町の牢屋におかず、大名の屋敷に預ける。この遣り方が先例である。

三十九

三月二十五日、五ツすぎ、冬馬は、屋敷をでた。好晴の日である。五ツ半には本丸御殿につき、目付の下部屋に入った。柳生主膳正が待っていた。主膳正は、昨日の善左衛門の刃傷を語った。冬馬は、

「山城守様の御容態はいかがでございますか」と質問した。

主膳正は、よくないようだ、と答えた。冬馬は、留守中の椿事について詳しく説明して貰った礼を述べた。それより二人一緒に奥の目付部屋に入った。

四ツには、目付全員が揃った。誰も何も云わないが、常と異なる重苦しい空気が部屋中に漂った。殿中の秩序維持に当る目付の目の前で、善左衛門の刃傷が突発し、誰一人それを阻止しなかった。井上図書頭はじめ、跡部大膳、松平田宮ら、中の間に詰めていた面々は、処分が待っていたのである。

冬馬は、善左衛門が小伝馬町の揚屋《あがりや》に送られたと聞き、思わず眉を顰めた。御家人なら知らず、旗本の処遇としては、おかしい。主殿頭に対して、好くいえば遠慮、悪くいえば

阿諛《あゆ》の心が働いた、と見た。これでは山城守の生死を問わず、犯人に科される処罰が厳重なものになることが予想された。

三月二十六日、神田橋門内、田沼家の上屋敷で、山城守は失血により死去した。三十六歳である。死去の公表は、ずっと後である。

善左衛門の裁判は、それより早く、二十五日より、辰の口の評定所で行われた。大目付の大屋遠江守、町奉行の直淵甲斐守、目付の山川下総守の三手掛である。三人とも、刃傷の場に居合せなかった。月番老中の田沼主殿頭の命により、月番町奉行の直淵が掛奉行として裁判に取り掛ったのである。

二十五日の早朝、善左衛門は網駕籠にのせられ、評定所の公事門を潜った。昨夕牢屋に送致されたことより、白洲に引きだされるかと懸念したが、書役の者が案内して、座敷に通された。南西の角にある、十六畳の部屋である。

「こちらで控えよ」と云って、下座に座らされた。

善左衛門は、鉄納戸の無地の小袖に青墨の羽織袴である。これは、伊於が中間の東八にもたせ、牢屋敷に差しいれたものである。むろん、無腰である。

五ツ半、直淵甲斐守ら三人が到着し、審理が開始された。下役が居並ぶ座敷に、緊張が高まった。直淵が、善左衛門の姓名、身分、年齢はじめ、昨日の刃傷の経緯を一通り尋問した後、左右の大屋遠江守、山川下総守の二人が、善左衛門に対して刃傷の動機を執拗に追及した。掛奉行を差しおき、越権とも思える執拗さがあった。

大屋の家は、田沼の家と同じく、紀州家の家臣より旗本になった。山川は、御上の西の丸時代の小姓のとき受領《ずりょう》の称を与えられたが、家禄二百石のごく下級の出である。

善左衛門は、何度も詰まりながら、

「山城守様の御求めにより、拙者の家の家譜および古文書を御貸しした。然るに古文書は悉く偽文書なり、と判定された。佐野の家は、昔、田沼様の御家の主筋に当るのに、その家の古文書を偽文書と非難されるのは、言語道断ではありませんか。そのまま捨ておいては、到底、武士の一分《いちぶん》が立ちません」と答弁した。鷹狩りのさいの落馬は、みっともなく口にできなかった。鷹狩りの褒賞を与えられなかったことは、云ってもよい。

山川は、四十四で目付になり、九年になる。予期しない椿事が突発し、田沼嫌いの井上図書頭はじめ、目付が総崩れになる。田沼様に取り入る好機である。

善左衛門の答弁を、取りとめもない話である、と頭より否認して、

「その方、身分の違いを弁えず、山城守様の御昇進を妬んだのであろう」と云う。

善左衛門は、体を震わせ、

「滅相もないことでございます」と否定した。

山川は、善左衛門の顔を睨みつけ、

「その方、身分を弁えず、昇進をお願いしたのか」と聞く。

善左衛門は躊躇しながら、

「お願いしとうございましたが、お願いはしておりません」と云う。

山川は、不審そうな顔付きをして、

「よく分らぬ。その方は何ゆえに刀をぬいたのだ」と聞く。

善左衛門は、

「刀をぬくのは、五年先か、十年先でよろしゅうございました」と云う。

この答弁は、山川のみならず、直淵にも大屋にも意味が分らなかった。直淵は、これはやはり乱心か、と心証を固めた。

翌日、三月二十六日、掛奉行の直淵より、月番老中の田沼主殿頭に対し、審理の次第を記した調書を提出した。その日の夕方である。山城守が息を引きとった。

死去した当人より辞職の願い書が提出され、これに対して御上の慰留があった。形式上の手続きをへて、四月二日に死去した、と公表された。

四月三日、七ツ、評定所の南西の角の座敷にて、大屋遠江守、直淵甲斐守、山川下総守の三人列座で、大目付の遠江守が申し渡した。

「新御番蜷川相模守組　佐野善左衛門、二十八歳
三月二十四日殿中において田沼山城守へ手疵負わせ、乱心とはいえども山城守、右手疵にて相果て候。これにより、切腹仰せ付けられ候なり」というのである。判決の承り人として召喚されたのは、同役の筑山伊右衛門、山下弥左衛門の二人である。

善左衛門は、これを聞いて真っ青になった。自分は、どこかの大名家に御預けになると予想していた。まさか切腹を仰せつけられるとは、予想しなかった。しかも牢屋敷にて時を移さず執行する、というのである。善左衛門の、恐れながら切腹の場は、大名家の御庭ではございませんか、と申し立てる声が声にならなかった。

善左衛門は、網駕籠にのせられ、牢屋敷に戻された。南北奉行所の同心四人、牢屋同心が二人つきそった。

牢屋敷の揚屋の前庭に、白布をかけた縁《へり》のない畳二枚がおかれていた。白の小袖に無紋の白の裃は、屋敷より東八が届けていた。この死出立《しにいでたち》は、分家の佐野亀之助より、伊於の

手に渡ったものである。亀之助は、小石川の、舅の高井源四郎よりこれが届けられたのを見たとき、思わず、はっとした。舅はこのことを予期していたのか。

善左衛門は、北面して畳の上に座らされた。正面の座敷を見ると、麻裃を着した検使がいた。検使は目付の山川下総守で、右には徒目付の八木岡政七、尾本藤右衛門《とうえもん》の二人、左には町奉行所与力二人が控えた。徒目付は麻裃、与力は平服である。前庭の左右に、牢屋見回り与力や、小人目付ら、十二人が平服で佇立した。

七ツ半、本介錯人が、

「拙者は、直淵甲斐守組同心、高木伊助でございます」と名乗り、一揖して、善左衛門の後ろに回った。刀をぬいた。添介錯人は、南北奉行所の同心、大帯五郎次と原田和多五郎の二人である。二人は、善左衛門の肩衣をとり肌をだした。

牢屋同心が、九寸五分をのせた三方《さんぼう》を、善左衛門の三尺ばかり前においた。善左衛門が見て、驚いた。九寸五分の木刀で、真ん中を白紙で包んである。

「木刀では腹は切れぬ。刀を御貸しくだされ」と、絶望の声である。高木ら三人は、検使の山川を見た。山川は、何事か分らない。

善左衛門は、山川を直視して、

「拙者は先刻、切腹を申し渡された。打ち首ではない」と、声を張りあげた。

山川は、どちらも同じだと思い、せせら笑った。介錯人に向って、

「やれっ」と、大声で叱咤した。

大帯、原田の二人が、善左衛門の上体を摑むと、斜めに傾け、首を前にだした。高木の刀が電光石火、首を打ち落した。畳の縁より土の上に、首が、ごろっと転がった。

遺体は、同役の者の手で、牢屋奉行の石出帯刀より引きとられた。夜のうちに、浅草にある東本願寺の子院、徳本寺なる寺に埋葬された。

四十

　四月五日の午後、田沼山城守の葬儀が行われた。三月二十六日の死去より日にちを経過しているので、御棺にいれた防臭の香木を何度も交換した。葬儀が終ると、御棺は神田橋門内の田沼家上屋敷より、中山道を駒込の勝林寺へと運ばれた。途中、白山権現をすぎた辺りで、十数人の乞食が現れ、物乞いをした。葬列が急に停止した。

　これを見て、用人の中務大膳が激怒し、

「不埒な奴ら、追いちらせ」と命じたため、中間や小者が力ずくで排除に掛った。道端に追いやられた乞食は、石を拾い、葬列に投石を始めた。大名家の葬儀には数千枚、数万枚の小銭を用意し、故人の供養として乞食や庶民に投げ銭するのが世の習いである。御家人の三男より老中の家の用人に成り上った中務は、この心得すらなかった。葬列を見物していた者が、口々に、

「ひどいことをするじゃないか」

「賄賂をとりながら、みみっちいぞ」と云う。

見物人が、乞食と一緒に葬列に石をなげた。このため葬列は混乱に陥った。後ろで見物していた老齢の武士が、

「若年寄が殿中で斬られ、葬列に白昼、民衆が寄って集《たか》って石をなげる。何という世の中になったのか」と慨嘆した。

四月六日の夕方、七ツといっても、なお明るい。田沼家上屋敷の門前に乞食がぞろぞろでてきた。初め十数人だったのが、やがて三十人を超えた。何があるかと町の者が見物にでてきた。昨日投げ銭がなかったが、今日は投げ銭がある。田沼家の上屋敷だ、という噂を広めた者がいたのである。

半時がすぎ、一時がすぎても、門は開かず何も起きない。田沼家は投げ銭をしない、という失望の声が流れた。

「投げ銭はないぞ」

「金とりて田沼るる身の憎さゆえ、命すてても佐野みおしまん」

どっと、笑い声が起った。数人が投石を始めた。老中の上屋敷の表門に、がぁん、石が当る。乞食が皆、門を狙って石をなげた。町の者も五人、十人と石をなげた。

がぁん、がぁん、と耳障りな、大きな音がした。田沼家の者は、門番も小者も、一人と

して姿をみせない。投石は半時ばかり続いた。知らせを聞いて、北町奉行所より、与力や同心が岡っ引きら手の者を引きつれ、二十人ばかり駆けつけた。これを見て、乞食や町の者は蜘蛛の子をちらして逃げた。

同じ六日の夕方、こちらは七ツ半すぎ、番町の土屋家の門前にも、二十人くらいか、町の者が現れた。後ろには、浪人が三人ついている。この者らは、土屋憎しの大口屋開三郎が、好機逸すべからずと、浪人を使い、往来をぶらつく下層民に一朱ずつばらまき、番町までつれてきたものである。

崩れた身形《みなり》の黒沼春一郎が、兄貴分である。春一郎は後ろより大声で、

「ここは、田沼山城守の同類の目付、土屋志摩守の屋敷だ」と煽る。

他の二人も、

「石をなげろ」と号令する。

煽動された者がなげる石が、表門に、があん、があん、と当り始めた。老若二人の門番が、母屋に走った。

玄関に用人の葭田頼母がでてきた。難しい顔である。

「御門前で何が起きたのか」と聞く。

四十数年門番を務めてきた金次郎が、怒りを表情に表し、

「田沼を叩け、土屋を叩け、などと町の者が投石しております」と云う。

森酉之祐はじめ、中小姓の浦田為之丞、桑野周一郎、清野幸三郎、さらに皆川修輔らがでてきた。為之丞や周一郎は口々に、

「直ちに追い払いましょう」と強硬論を吐く。留守を預かる用人として、頼母も酉之祐も判断に迷った。冬馬様なら、このような場合どうなさるか。

弥生が、山元太郎左衛門やお通を従え、姿を現した。弥生は、奥の中庭で、太郎左衛門を相手に、先程より剣術を練習していた。家士が何人も廊下を走り、屋敷の中がざわつくのに気づいて、中庭より上り、母屋の玄関にでてきた。若衆髷をゆい、花柄の木綿の小袖に紺地の唐桟の袴を着し、左の手に木刀をさげている。

弥生は、頼母より話を聞くと、美しい眉を顰め、

「旗本屋敷に無礼は許しません。開門して、追い払いましょう」と、強く云い放った。

これを聞き、頼母も、酉之祐も、やろう、と腹を据えた。屋敷中の木刀を揃え、家士に配付した。弥生は、冬馬の居間にいき、脇差を腰におびた。

頼母は、二十代、三十代の家士、十数人に追い払いを命じた。弥生が、

「私も一緒にいきます」と云う。

頼母は、両手を広げて遮った。

「弥生様はいけません。御怪我があってはなりません」

弥生が微笑して、

「私も少し剣術が使えます」と云う。

為之丞や周一郎、皆川修輔が、

「拙者らが奥様を御守りします」と、意気軒昂に云う。

土屋家の表門が、ぎぎっ、と音高く開いた。予想しないことであり、町の者も、後ろの浪人も、ぎょっとした。門前に、多くの侍が展開した。各自、木刀をさげている。

真ん中の美貌の若衆が、多数を睨んで、

「旗本屋敷に無礼は許しません。門前よりすぐ離れなさい」と、若い女の声で命じた。

これは逆効果だった。若い女が生意気なと、一人が走って飛びこんできた。弥生の木刀が、右の胴に打ちこまれた。男は地面に転がった。間、髪をいれず、左右より弥生に男らが飛び掛ってきた。為之丞、周一郎、修輔らの木刀が、相手の肩、胴に打ちこまれ、脛を払ったため、男らの体が六つも七つも地面に転がった。

町の者は、屋敷の者が本気だ、と気づいた。投石をやめ、じりじりと後ろに下り、その場を足早に立ちさった。

黒沼春一郎は、後ろで冷笑して見ていたが、修輔が近づいてくるのを目にした。こいつは強い、と朧げに記憶が戻った。春一郎は冷笑をけし、顎をしゃくった。開三郎の抱える浪人は、成果なく番町を引きあげた。投石を黙殺すれば、旗本の沽券に疵がつく。黙っておれなくて、一人でも斬れば、世間の非難をうけるはずだった。

冬馬はその日は遅く、六ツに屋敷に帰ってきた。弥生や、頼母より話を聞くと、屋敷の者は誰も怪我をしなかったか、と尋ねた。

四十一

佐野善左衛門が殿中で、若年寄田沼山城守を斬り、死亡に至らしめた。評定所は、これを乱心によるものだと認定した。佐野の家は改易になったが、家族はじめ、親類や縁者に累が及ばなかった。伊於は、実家である、小普請組の村上八郎の家に戻った。八郎は、後に四十近くになって番入りし、目付や町奉行に任じられる。

四月七日、事件の賞罰が行われた。大目付の松平対馬守は、善左衛門を取り押えたことを賞され、二百石を加増され、千二百石になった。

この日の四ツ半、若年寄の酒井石見守、太田備後守、米倉丹後守の三人は、御用部屋に呼ばれた。松平周防守、田沼主殿頭、久世大和守が列座して、月番老中の大和守より、次の御沙汰を伝えた。

「御目通り差し控え仰せつけられる」

石見守、備後守の二人は、山城守と歩いていながら、何ら庇う行為をしなかったためである。丹後守は刃傷を見て、新番詰所前の廊下に身を引いて、中の間への戸をしめたことが適切ならざる所業だと見做された。さらに五月十日、丹後守は本丸より転じて、西の丸の若年寄に左遷される。

九ツ前、石見守ら三人に、加納遠江守を加えた四人が、芙蓉の間より、跡部大膳、松平田宮、二人の目付を呼んだ。若年寄が列座して、月番若年寄の石見守より、青ざめた表情の二人に、次の御沙汰を伝えた。

「その方ども間近に罷りありながら、御役柄別《べつ》して不心掛けに思し召され候。よって御役を免じ、寄合を仰せつけられる」

跡部も、松平も、平伏のまま頭をあげられなかった。全身より冷や汗を感じた。

見送りの十六人中、ただ二人凶行の場の近くにいながら、善左衛門を取り押えなかったとして、目付を罷免され、寄合入りを命じられたのである。跡部は家禄二千五百石、松平は五百石。どちらも小普請入りのところを、目付の重職を務めたことにより、三千石以上の扱いで寄合入りとなったのである。

四人の若年寄は、続いて目付の井上図書頭、安藤郷右衛門、末吉善左衛門の三人を芙蓉の間に呼んだ。四人列座して、月番の石見守より、三人も中の間にいながら、善左衛門を取り押えなかったとして、差し控えを命じた。差し控えですんだが、目付として不面目である。三人とも、苦虫を噛んだ顔をして退室した。

さらに新番の万年六三郎ら、番士四人を呼んだ。善左衛門が抜き身をもって走りだしたのを引きとめなかったとして、四人とも番士を罷免し、小普請入りを命じた。

四月も下旬になった。土屋家の番町の屋敷では、弥生が美しい顔を曇らせ、

「冬馬様。御城の宿直が、近頃頻繁になりました」と、二度云った。

冬馬は、弥生の吹輪髷《ふきわ》、白綸子《しろりんず》地に無数の小花をちらした小袖を見て、

「今回の事件により、罷免されたり、差し控えを命じられたり、目付が半減した。今暫くのことだ」と優しく慰めた。

「宿直の夜は、私一人で寂しゅうございます」と、冬馬を睨む。

冬馬も、弥生と一緒にいる方がよいが、御城勤めの身である。

「母御にお越しいただくがよい」と云う。

四十二

季節が進んで、梅雨に入った。四月二十六日、目付部屋の頭越しに、御用部屋が欠員を補充した。欠員人事は、目付部屋の投票によるのが先例である。井上図書頭はじめ三人が謹慎中で、十人のうち、現任者は五人である。老中三人と、老中格の水野出羽守が、協議を重ねて、欠員を補充した。

一人は徒頭《かちがしら》の神保喜内、今一人は小十人頭の直淵勝次郎で、勝次郎は町奉行直淵甲斐守の嫡子である。神保の四十八歳に対して、勝次郎の二十七歳という年齢は、部屋住みの上に若すぎるという消極論がでた。周防守がこれを押え、

「土屋志摩は確か二十四か五である。志摩は目付として数人分の働きをしております」と発言した。主殿頭が、不快げに小首を傾げた。

「志摩は、刃傷のとき何をしておりましたか」

周防守は、深く同情する目で、

「あの日は鶴岡八幡宮の検察にいっておりました」と云う。

周防守としても、土屋志摩守があの日殿中にいてくれれば、という思いがある。云ってみても、詮方ない話である。

冬馬は、直淵勝次郎が同役に任じられたのを喜んだ。子供の頃よりの遊び仲間の一人である。

目付三人の処分より一箇月、五月六日、差し控えが赦された。冬馬の宿直の頻度が、元に戻るはずである。

五月八日の夕方、冬馬が番町の屋敷に帰ると、近習の伊織がきて、明神下の吉弥の来訪を報じた。熊市、和助をつれている、と云う。東の三の間に案内させた。

冬馬が座敷に入ると、揃って平伏した。三人とも、こざっぱりした小袖である。冬馬は座につき、楽にしてくれ、と声をかけた。

吉弥が、面白いことが起きました、と云う。冬馬が、吉弥の顔を見て、目で関心のあるのを知らせる。

「大口屋開三郎が一昨夜、殺されました。しかも手を下したのが黒沼春一郎でございますので、あっしらもびっくりしました」

冬馬も驚き、

「あの者は大口屋の厄介になっていると聞いたが」と云う。

吉弥が、熊市、和助を横目に見て、

「二人が時々下谷にいき、廣延寺さん近辺を見回っております。一昨日の夕暮れ、春一郎の姿を見かけ、尾けていきますと、柳橋の凡亭に入ったと申します」

吉弥が、熊市に目で合図した。熊市が、

「あっしと和助は、様子を見ようと、凡亭の小者相手に時間を潰しておりますと、階段をばたばたと降りてくる奴がおります。三人顔を見合せたところに、大口屋が必死に逃げてきて、その後を春一郎が追ってきました」と云う。

吉弥が、和助を見た。和助が、

「大口屋は一太刀斬られており、あっしの腕の中に倒れこんできました。春一郎が追ってきて、熊の兄が足を払いましたら、どっと倒れました。あっしは大口屋を逃がそうと外に運びましたが、春一郎が追いつき、大口屋の背中より胸まで刀を差し貫きました。あっしも、今少しで大怪我をするところでございました」と云う。

冬馬が、怪我がなくてよかった、と云うと、和助は、無事でございました、と照れ笑いをみせた。熊市が、

「あっしが見ましたら、大口屋は息がありません。凡亭は大騒ぎになり、医者がきましたが、手遅れでございました。春一郎は姿を晦まして、見当りません」と云う。

吉弥が、

「二人は番屋を通して奉行所に通報すると、主人や女中に探りをいれました。なぜ春一郎が大口屋を殺害したのか、探りをいれました。そしたら、何と、直次《なおじ》の取り合いが諍いの種でございました」と云う。

冬馬は、直次、と不審な表情になった。吉弥が、

「土屋様の御相手をした、綺麗な子でございます」と云う。

冬馬は、ああ、あの芸者か、と頷いた。

吉弥がそれを見て、報告を続けた。

「大口屋は悪党ですが、春一郎にとっては雇い主でございます。春一郎は主殺しの大罪を犯したと、奉行所は血眼で探索しております」

冬馬は、堕《お》ちるところまで堕ちたものだな、と云う。

吉弥が、

「今も江戸におりますやら、既に江戸より逃げたのやら分りません。島村様が今月は南町

が月番ゆえ歯痒いかぎりだ、と仰っています」と云う。

冬馬は、大口屋が女を争い殺されたのは、因果応報だと思う。多くの女を泣かせた男である。飼い犬に手を噛まれたのは、天網恢恢、疎にして漏らさない、と思う。

五月二十八日は、両国の川開きである。この夜に打ちあげられる花火の華やかさは、夏の三箇月中に打ちあげられる花火のうち、随一である。

土屋の屋敷では、今年初めてこれを見物することにした。西之祐が、柳橋の梅川に三階の続きの座敷を押えた。大川に臨み、花火の見物には最適の料亭である。

「三階の十四畳、十畳を押えました。これで十数人は見物できましょう」

頼母が呆れ顔で、

「冬馬様、弥生様、木曽屋の御夫妻、四人でよい」と云う。

西之祐は、いやいや、と手をふって打ちけした。

「こんな機会です。御家老、葭田さん、菊殿、柴田さんや山元さんも、御供してはいかがです」と、涼しい顔である。

頼母は、西之祐は賢い男なのに、こういうことになると歯止めがきかない、と思い、

「御屋敷を空にはできまい。拙者も、柴田さんも留守番します。木村さんは伺ってみない

と分りません」と云う。

家老は、木村儀右衛門である。葭田は、頼母の姓である。

頼母や、酉之祐、老女の菊が人選を進めた。冬馬ら四人のほか、酉之祐はじめ、警固役を兼ね中小姓の浦田為之丞、桑野周一郎、清野幸三郎、橋本彦之進、遠からず月形に帰る予定の皆川修輔、菊が自分の代りだという八重と萩野を合せて、八人である。太郎左衛門や、女中のお通は、冬馬様や弥生様に伺った上で決めることにした。

弥生は、子供の頃、一度川開きの花火を見たことがある。八重や萩野は、花火やその夜の両国橋の辺りがどんな様子か、弥生に頻りに尋ねた。都合よく、前日の二十七日に梅雨が上った。二十八日朝、冬馬が登城した後、別棟の弥生の居間に、お通を含め、女四人が集り、様子が分らないままその夜のことを話し合った。

この日は梅雨明けの晴れた日で、昼頃には、夏の日が大気や地面を灼いた。土屋の屋敷の者は、七ツに弥生の駕籠を中に挟み、日本橋室町へ出発した。途中、為之丞は、神田橋門外の町家に、冬馬を迎えにいった。為之丞を除き、皆は、暑い中を木曽屋の店先に到着した。

弥生は、すぐ八重、萩野を奥の座敷に案内した。周一郎ら家士は、勝手知った表の客間に入った。志津が、皆の浴衣を用意していた。男帯は、大小二本さす必要より、太く丈夫な小倉《こくら》帯を誂えた。八重と萩野は、それぞれ大きな花柄の浴衣を貰って、

「綺麗で涼しそう」と、大喜びした。

志津が、帯を五本並べた。色も模様も、二人が見たことがない流行の帯である。二人は帯選びに熱中した。

七ツ半に冬馬が合流した。冬馬も浴衣に着替えると、六ツ前、冬馬と弥生、木曽屋夫妻を真ん中に挟んで、柳橋の梅川に向った。昼間の熱気の残る中、柳橋が近づくと、人波が途切れなくなった。両国広小路は大勢の人でごった返していた。人波を掻きわけて、梅川に入った。

三階より眺める、夕映えの大川には、夥しい屋形船や屋根船が浮んでいる。大川の対岸には、茶店や夜店がずらっと並んでいる。

冬馬は、広い座敷を家士や侍女に譲り、弥生や木曽屋と狭い座敷に座を占めた。主人がでてきて挨拶した。

「およそ小半時ございます。花火の前に御膳をおだし致しましょう」

涼しい風が入る。両国橋や対岸より、大勢の人の声が流れてくる。

暫くして数人の女中が現れ、甲斐甲斐しく、両方の座敷に膳を運んできた。小柄で如才のない主人が、塩焼きの鮎や、天麩羅の鮎を指で示し、

「鮎は、今朝多摩川より運んできたものでございます。鱸《すずき》は甘露煮で、子持ちの鱸は、今が旬でございます」と説明する。

主人は一礼して、襖を開け放した隣の座敷に移った。向うでも、同じ説明を繰り返している。向うでは、早くも盃が傾けられた。

確かに小半時すぎると、戸外は急に暮れてきた。屋形船や屋根船の明かりが、暗い中に点々とちらばっている。

突然、大川の上空に赤と黄の大輪の花がさいた。ぼぼん、ぼぼん、ぱち、ぱち、という音が響くのと、わあっ、と大勢の見物人が歓声をあげるのが、同時に聞えた。

弥生は、この夜、木曽屋に泊った。八重と萩野も、翌朝番町に帰ることにして、木曽屋に泊った。

帰り道のことである。周一郎が冬馬に、

「主人が申しておりました。凡亭の直次は、芸者をやめたそうでございます」と、小声で報告した。

「そうだろう。あんなことがあっては勤めておれまい」

二十九日朝、八重と萩野は番町の屋敷に帰ってきた。弥生は、胸がむかつき、吐き気がするので、帰邸を延ばすという。

五月は小の月で、川開きの翌々日が六月一日である。この日、七ツ頃、冬馬が御城より帰ると、玄関に出迎えた頼母と酉之祐が、揃って、おめでとうございます、と祝いの言葉を述べた。菊が弾んだ声で、

「弥生様、御懐妊でございます」と報告した。

【後注】

本書は、江戸城で、番士らが玄関や車寄せより本丸御殿に入る、と書きました。二条城なら車寄せでよいのですが、江戸城は昔の地図どおり駕籠台と書くべきでしょう。駕籠台より入る。こう書くと、あるいは読者の方々に分りにくいだろうと思い、進士慶幹『江戸時代の武家の生活』の記述に従いました。一四〇頁、一四二頁。

本書は、湯島の聖堂と神田川の間の長い坂を昌平坂と書きました。文化十四年に完成をみた、伊能忠敬『江戸府内実測図』は、これを明記しています。明治中期「朝野新聞」に連載された『徳川制度』の聖堂の項も、聖堂の位置を記して、南は昌平坂を隔てて神田川に臨む、と明記しています。岩波文庫版下六一頁。

元禄年間、聖堂を忍ヶ岡より移したとき、この地の橋や坂の名を改称し、坂は昌平坂と名づけました。その頃の図を見ますと、昌平坂は聖堂の東側にそって、神田川より直角に北に上っています。天明の頃は、昌平坂はおそらく、聖堂の東側を北にいく坂だったようです。本書は、それでは話になりませんので、後世の場所に移しました。

本書は、天明四年四月、佐野源左衛門の切腹の場にもちだされた九寸五分が木刀だったと書きました。これは、著者の創作だ、と受けとられるかもしれません。しかしこの辺りの描写は、評定所の備品たる『徳隣厳秘録』の記述によっています。より正確には、同書を所収する『法規分類大全』治罪門②を参照しました。五三二頁〜五三四頁。

○著者の著作
『大津事件―司法権独立の虚像』批評社、2014年、一般書
『大逆罪・内乱罪の研究』批評社、2016年、専門書

獅子の虫

2019年9月25日　初版第1刷発行

著者……新井 勉

装幀……臼井新太郎

装画……髙安恭ノ介

発行所……批評社
〒113-0033　東京都文京区本郷1-28-36　鳳明ビル201
電話……03-3813-6344　fax.……03-3813-8990
郵便振替……00180-2-84363
Eメール……book@hihyosya.co.jp
ホームページ……http://hihyosya.co.jp

・印刷……㈱文昇堂＋東光印刷
・製本……鶴亀製本株式会社

乱丁本・落丁本は小社宛お送り下さい。送料小社負担にて、至急お取り替えいたします。

ISBN978-4-8265-0703-5　C0093